新奇特幻想故事集

有绰号的螃蟹

高云鹏 于 涌 主编

吉林人民出版社

图书在版编目(CIP)数据

有绰号的螃蟹 / 高云鹏,于涌主编. -- 长春:吉林人民出版社,2012.7

(新奇特幻想故事集)

ISBN 978-7-206-09163-6

Ⅰ.①有… Ⅱ.①高… ②于… Ⅲ.①儿童故事–作品集–世界 Ⅳ.①I18

中国版本图书馆CIP数据核字(2012)第149558号

有绰号的螃蟹
YOU CHUOHAO DE PANGXIE

主　　编:高云鹏　于　涌

责任编辑:崔　晓　　　　　　　封面设计:七　洱

吉林人民出版社出版 发行(长春市人民大街7548号　邮政编码:130022)

印　　刷:鸿鹄(唐山)印务有限公司

开　　本:670mm×950mm　　　1/16

印　　张:12　　　　　　　　字　　数:90千字

标准书号:ISBN 978-7-206-09163-6

版　　次:2012年7月第1版　　　印　　次:2021年8月第2次印刷

定　　价:38.00元

目录
contents

目录
contents

金　鱼

〔英国〕法杰恩

　　从前，有一条金鱼住在海里，那时候，所有的鱼类都住在海里。金鱼过得蛮不错，只担心一件事，就是得躲避渔网，那渔网浮在海水里，一会儿在这儿，一会儿在那儿，叫人捉摸不定。所有的鱼类，都受过海王尼普顿的警告。尼普顿的警告，也就是说要大家避开渔网。那时候，大家都乐于照父王的吩咐办事。因此，金鱼也跟大家一样，天天在那蓝色的、绿色的海水中，洋洋自得地游来游去。有时，他沉到水底去靠近沙石、贝壳、珍珠和珊瑚，靠近那海葵丛生，像一簇簇鲜花点缀的大岩盘，靠近那在红色、绿色、黄色的皱纹贝和扇贝之间飘荡的海藻；有时，他升浮起来，靠近海面，海面上的白头浪在互相追逐，巨大的波涛像玻璃山一样腾空而起，然后又把自己摔得粉碎。当金鱼像这样靠近海面游动的时候，有时他看见在明亮的蓝色海水当中，有一条大金鱼，高高在上，那金鱼的颜色跟自己一模一样，可是身体滚圆，像一只水母。另外一些时候，远处的海水不那么明亮，而变成了深蓝色，他看见一只在海底从没见过的银鱼，形状也是滚圆滚圆的，虽然只是偶尔游过，但她那针状的银鳍却清晰可见。我们这位金鱼，对别的金鱼有种嫉妒感，可是对那位银鱼，却是一见钟情，并且急着朝她游去。正当金鱼要朝银鱼游去的时候，蹊跷的事情发生了，不知怎么搞的，他不能呼吸了，并且气喘吁吁地沉到了海底。他下沉得很深很深，再也见不到银鱼了。于是他只好盼望她能游到他这里来。他在水里到处找她，可是偏偏不走运，总也找不到她。

有一天夜里，金鱼正在平静的海水里游动，看见在头上有一条庞大的鱼的影子一动不动。从它的肚子下面，伸出一条长长的鳍，插入水中。海里面的鱼，金鱼都认识。可是他从没见过像这个模样的鱼，它比鲸鱼还大，可是黑得像乌贼的墨汁一样。金鱼绕着它游来游去，好奇地用鼻子碰碰它。最后，他问："你算是哪一种鱼啊？"大黑影子笑了："我根本不是鱼，我是一条船。""你既然不是鱼，跑到这儿干什么？""这会儿我倒是什么也不干，因为没有风，我正在停泊。可是一旦有风吹来，我就要到世界各地去航行了。"

"世界？什么是世界？"

"你看见的这一切都是世界。"

"这么说，我是在世界里了？"金鱼问。

"当然啦！"金鱼高兴地蹦了一下，大声喊："好消息！好消息！"

一只路过的海豚停下来问："你吵吵什么？""我是在世界里！""这是

谁说的?""是'船鱼'说的。""呸!"海豚说,"见他的鬼去吧!"说着走了。金鱼不蹦了,因为他的高兴劲儿被人家的怀疑打断了。他问那条船:"世界怎么能比我看见的范围还要大呢?假如我真的是在世界里面,我就应当能看到它的全貌,要不然怎么能说我是在它里面呢?"

"你记住我的话吧,"船说,"像你这么小的小家伙,一辈子也只能见到世界的一小片地方,世界有一个你永远也见不着的边缘;里面有千奇百怪的异国土地。世界像橘子一样圆。可是,所有这些,你都没法见到。"

接着,船又告诉金鱼,在世界的边缘以外还有什么;告诉他世界上有男人、女人和孩子们;有花,有树;有一种鸟尾巴上长着蓝色的、金色的和绿色的眼睛;有白象和黑象;有挂着叮叮咚咚响铃的庙宇……金鱼巴望着看到这一切,可是他看不着,他急得哭了起来。他哭他永远也见不着世界边缘;他哭他永远也看不到地球有多圆;他哭他不能立刻就见到世界上那千奇百怪的种种东西。船觉得这条金鱼有多么可笑啊!他说:"我的小朋友,就算你是那边的月亮,嗯,就算你是太阳吧!那你在一段时间内,也只能看见这世界的一半啊!"

"谁是那边的月亮啊?"金鱼问。

"谁?除了那个挂在天上的银光闪亮的东西,还有谁?"

"那就是天吗?"金鱼说,"我还以为是另外的海呢。那就是月亮吗?我还以为是银鱼呢。那么,谁又是太阳呢?"

"太阳是一只金色的圆球，白天转动着穿过天空，人们说他是月亮的情人，把光送给月亮。"

"可是我情愿把世界给她！"金鱼大声叫喊。他拼命把他那整个小身子都离开水面，往空中跳。可是他够不着月亮，却气喘吁吁地掉进了大海里。他只好让自己像一小块金色的石头一样地沉到了海底。在海底，他躺了一个星期，哭得伤心极了。这都是因为船告诉了他难以理解的事情；而这些又大大地增加了他的欲望，他渴望占有银色的月亮，渴望做一条比太阳还有权威的鱼，渴望能从顶到底；里里外外，上上下下，把整个世界的千奇百怪的事情都看个够。

碰巧，统治水下世界的海王尼普顿正在一个红、白色相间的珊瑚林里散步。他听到一阵咯咯的笑声，然后从珊瑚树枝杈中间，他瞥见一个鼓鼓囊囊的海豚，正笑着扇动他那光滑的鳍，而在不远的地方，金鱼正躺在那里哭泣呢。

海王尼普顿就像一位慈父一样，愿意跟孩子们同欢乐共患难。于是，他就停下来问海豚："你咯咯地乐什么?"

"哈！哈！哈！"海豚说，"我是让金鱼那副发愁的样子给逗的。"

"金鱼有发愁的事吗?"海王尼普顿问。

"他倒是真发愁呢！他哭了七天七夜了。哈！哈！哈！因为他娶不了月亮，胜不过太阳，也占有不了世界。"

"你呢?"尼普顿问，"你从来没为这些事情哭过吗?"

"我不哭!"海豚说，"为什么哭? 就为太阳和月亮哭吗? 它们不过是离得大老远的两个圆点子。就为世界哭吗? 可谁也没见过世界啊！不，用不着哭，父亲。不过，要是我的午餐离得太远，够不着，我会哭的；还有，如果我要看到死亡来临了，我会哭的。除了这些，为别的事情哭，去他的，我才不干呢。"

"嗯，这大海里各种各样的鱼，秉性都不相同啊！"尼普顿说着停下来，把金鱼捏起来放在手里，对他进行劝解。

"听我说，孩子，"尼普顿说，"做什么事情，开头掉些眼泪还可以，可是，不能老哭，哭鼻子，抹眼泪，会使你一事无成。难道你真的要娶月亮，要胜过太阳，要占有世界吗？"

"是的，父亲，是的。"金鱼哆哆嗦嗦地说。

"这可对你一点儿好处也没有，你会被那个渔网捕捉去的，你没瞧见那边水里漂浮着的渔网吗？你不怕它吗？"

"它要是能给我带来我所渴望的一切，我就不怕它！"金鱼勇敢地说。

"敢冒风险，你也许会实现自己的愿望。"海王尼普顿答应他去试试。他让金鱼从他的指头缝里溜走，并且眼瞅着他勇敢地朝渔网游去。那渔网正在那里张口等着抓鱼呢。等那网口朝着金鱼合闭的时候，尼普顿伸开手，让另一条鱼滑进他的手中，接着，他将将胡须，继续在他大大小小的孩子们中间漫步穿行。

后来金鱼的遭遇怎么样了呢？

他被网拖到了渔夫的船上，在那儿等着新的命运到来。在同一张网里，那条银鱼也被捕捉上来。那条银鱼，是一个很讨人喜欢的动物，有个圆圆的身子，光滑明亮的鳍就像月光照射的透亮的云彩一样。渔夫想："这一对鱼可真漂亮啊！"他把它们带回家去想讨小女儿的欢心。为了让女儿分外高兴，他先买了一只玻璃的鱼缸，在鱼缸底下铺上沙子、贝壳、小卵石，在中间放了一小枝珊瑚，一缕海藻。然后他给鱼缸装满水，把金鱼和银鱼放进去，同时把这个小小的玻璃世界，摆在他的小屋窗下的一张桌子上。

那条金鱼高兴得发昏，朝着银鱼游去，一边游一边喊："你是从天上来的月亮吧？噢，瞧！这世界有多圆啊！"

他从鱼缸的一面望出去，看见花园里的花草树木；他又从鱼缸的另一面望出去，看见在壁炉台上放着的用乌木雕的黑象，用象牙雕的白象；他还从鱼缸另一面望出去，看见在墙上有一个扇形的孔雀羽毛，羽毛上有金色、蓝色和绿色的眼睛；他还从鱼缸的第四个面望出去，看见在一个托架上，有一个小小的中国式的庙宇挂着响铃。他还在鱼缸底部看见自己所熟悉的那个珊瑚、沙子、贝壳等等组成的世界。他还看见在鱼缸上方，有一个男人、一个女人跟一个小孩，正从鱼缸边朝下瞅着他乐呢。

他高兴地蹦了一下，对他的"银色的新娘子"大声说："呃，'月亮鱼'呀；我比太阳可伟大多了！因为我给你的，不只是一半，而是整个世界，从顶，到底，还有四面八方，以及里里外外那一切东西，统统都给你。"

海王尼普顿虽然在海底下待着，但他听觉灵敏，对这些事都清清楚楚，他笑着说：

"过去让这样一个小家伙在浩瀚的海洋里放荡不羁，真不应该！

他需要有一个对他更合适的世界。"

　　于是，从此以后，金鱼的世界就是金鱼缸了。

（王济民　译）

第一次起飞

〔爱尔兰〕利亚姆·奥弗莱厄蒂

  小海鸥孤单地站在巉岩上。他的两位哥哥和一个妹妹在前一天飞走了，他不敢同他们一起飞离。不知怎的，他往岩崖上才跑了几步，还没来得及展翅，心里就怕得不行了。脚下是茫茫大海，离他很远很远，简直有好几英里。他觉得自己的翅膀无论如何支持不了，所以他低着脑袋返回巉岩底下小小的巢穴里。这是他每晚安睡的地方。连翅膀比他短得多的妹妹也扑扇着翅膀飞走了，可他还是鼓不起勇气。因为在他看来，这是不要命的事儿。他的爸爸妈妈正同来尖声叫唤他，责备他，甚至威胁他，告诉他要是不飞走的话，就让他活活饿死在巉岩上。可是，说什么他也不肯动弹一下。

  那是二十四小时以前的事儿。直到现在谁也没有飞到他身边来。昨天，他瞅着父母和兄妹们飞来飞去，瞅着爸爸妈妈教他们飞行技艺，怎样在浪尖滑翔，怎样下水捕鱼。他看见哥哥第一次捕到了鲱鱼，站在一块石头上把它吞吃掉，而爸爸妈妈盘旋着，发出了自豪的鸣叫。今天早上，他看见一家人站在对面半山崖的高地上，讥笑他胆小没用。

此刻，太阳已经在空中升起，照得这朝南的巉岩暖烘烘的，他感觉到热的威力了，因为从昨天晚上到现在，他没有吃过任何东西。他已经翻遍了粗糙的、结了泥块的稻草窝——他和兄妹们降生的地方。他甚至嚼起偶尔发现的干燥的蛋壳碎片来了，但那好像是吃他自己身体的一部分。随后他急急匆匆地在巉岩上来回走着，灰色的身躯正好与悬崖同色。他用灰色的脚爪踱着碎步，想找出个什么办法，可以不用飞翔就到达他父母身边。可是巉岩的两头都是悬崖峭壁，底下就是大海。他与父母之间隔着万丈深渊。当然，要是他能沿着悬崖表面朝北移动的话，他是可以用不着飞就到达父母那儿的。可是话得说回来，他能往哪儿下脚呀？那里没有巉岩，而他又不会飞。头顶上，他什么也看不见。悬崖高耸陡峭，到达顶部的距离也许比到脚下大海的距离还远呢！

他慢慢地走向岩崖，用一只脚站着，另一只脚藏在翅膀底下，闭上了一只眼睛，一会儿又闭上了另一只，装出睡着的样子，然而，还是没有人理睬他。他望见哥哥和妹妹躺在高地上，脑袋埋在脖子下的羽毛里，打着盹儿。他爸爸呢，正梳理着白色背脊上的羽毛。只有妈妈站在高地的一个小土墩上，挺着白白的胸脯，远远地望着他。她时而从脚边的一条鱼上撕下一块来，随后在一块石头上把嘴巴的两边擦干净。一看见吃的，他简直要发疯了。他多么希望也撕下一块鱼来，然后把嘴巴好好儿擦一擦，磨得尖利些呀！他低声叫了一下，他的妈妈也叫了起来。

"嘎！嘎！嘎！"他叫唤着，请求她带点吃的来。"嘎瓦啦！"妈妈嘲弄地回叫着。然而他继续哀鸣。约莫一分钟后，他终于愉快地尖叫起来。原来他妈妈已经捡起一块鱼，带着它向他飞来。他急切地凑过去，双脚轻轻拍击着岩石，想在他妈妈飞过时靠得更近些。可是当她来到他的正对面，与巉岩平行时，她停住了，双腿下垂，翅膀纹丝不动，嘴巴上的鱼离他的嘴巴近在咫尺。他惊喜地等待了片刻，但不明白为什么妈妈不更靠近他一些。随后，在饥饿的驱使下，他猛地向鱼俯冲过去。一声尖叫，他向外跌去，掉入了空中。他妈妈忽地扑向高处。他经过妈妈身子下面的时候，听到了她扇动翅膀的嗖嗖声。接着一阵巨大的恐惧向他袭来，他的心停止了跳动。霎时间，他什么也听不见了。不过这种感觉很快就消失，随后他感到翅膀向外张开。风吹拂着他胸脯的羽毛，吹过他的腹部和翅膀。他第一次尝到翅膀尖掠过空气的滋味。他在渐渐地朝下和朝外飞翔。他不再害怕了，只是有点儿头晕。随后，他拍打着翅膀向上飞去。他高兴地大叫起来，再次扇了一下翅膀。他飞得更高了。他抬起胸脯，逆风斜飞着。"嘎！嘎！嘎！嘎！""嘎瓦啦！"他妈妈猛地飞过他身边，翅膀发出了一声巨响。他又回叫了一声。接着，他爸爸呼唤着从他上空飞过。他看见哥哥和妹妹在他周围翱翔、腾越、斜飞、上升、俯冲。

后来，他压根儿忘了自己还不会飞翔，也开始俯冲、上升、腾越，一边还尖声叫着。

现在他已经接近海面了。他在海面正上空飞翔着，径直往大洋冲去。他看到了身子底下宽阔的绿色海面，小小的浪峰在海面上移动着。他把嘴巴歪向一边，欢快地呼叫着。他爸爸、妈妈、哥哥、妹妹都已登上了他面前这块绿色地毯。他们在向他打招呼，尖声地叫唤他。他把脚放了下来，站立在绿色的海面上，他的腿插入了海水。他惊慌地叫了一声，拍打着翅膀，想再次往上飞起。但是，饥饿、虚弱乏力以及刚才的一番新奇活动，弄得他精疲力竭，终于没能飞上去。他的腿陷入绿色的海水，他的肚子触到了水面。他漂浮在海面上，并没有沉下去。他们一家子在他周围叫着，夸奖他，用嘴巴给他送来了鱼儿。

他的第一次起飞成功了。

（黄源深　译）

有绰号的螃蟹

〔德国〕埃尔温·莫泽尔

绰号叫咔嚓的螃蟹生活在海底。它一周上学一次，总是走穿过海藻林这条道。小螃蟹们聪明伶俐，对它们来说，每周上学一天就已经足够了。

"亲爱的孩子们!"老师——一个上了年纪的灰色螃蟹说，"两周前我们学过，鲸鱼是一种庞然大物。上一周我们学习，人们是怎样在一秒钟内能把贝壳掰开。今天我们将学习，像人似的，每当陷入危难时，螃蟹怎么办。今天上课的时间很短，也就是说，要学的内容十分简单：遇到危难时只需要挟，需要不停地挟，别贪多，要用劲挟! 挟! 挟! 这点大家都明白了吗?"

"明白啦，老师!"小螃蟹们叫喊着。

"很好!"这个上了年纪的螃蟹说，"这周的课就上到这儿，放学啦。你们大家都要好好听话，都回家吧，而且在回家的路上要练习挟这个动作。孩子们，再见！"

"老师，再见！"小螃蟹们叫嚷道，并穿过海藻林回家了。在回家的路上，它们挟了差不多有两吨重的海藻。

这就是说，咔嚓小螃蟹挟海藻的茎干挟得很卖劲。它一直挟到海藻林的边缘，好奇地向林子外面张望。

"我现在会挟啦。"咔嚓小螃蟹想，"老师讲的危难究竟是怎么一回事呢？我急切渴望危难时刻快点来到！"

埃斯梅拉尔达——一个又厚又软又滑的水母来到了这里，又从旁边游了过去。它看到咔嚓就喊："喂，小螃蟹，今天放学啦？请在这海藻林里待一会儿吧！这块平坦的海底是安全的，外面的地方是非常危险的。我刚刚还看见凶恶的老鲨鱼在船的残骸后头哪。小螃蟹，快点回家吧！"

"危险？"咔嚓想到，"这太妙啦！"

水母游走不见了。小螃蟹爬出了海藻林，在空旷的、尽是沙子的海底溜达着。

突然！

意外地游来了一条满身是针刺的鲀鱼，把小螃蟹给吞了下去！

这个鲀鱼正要游走，这时来了一条大嘴鱼，把鲀鱼给吞了下去！

"救命！"鲀鱼喊叫起来，"大嘴鱼一口把我给吞下了！"

"这是你应得的报应！"咔嚓在鲀鱼肚子里说。

大嘴鱼刚要继续游耍，这时来了一条大金枪鱼，把大嘴鱼给吞食了。

"救命呀!"大嘴鱼喊叫起来,"这个金枪鱼把我给吞了!"

"你活该!"鲀鱼在大嘴鱼肚子里说。

"对! 你们都活该!"咔嚓在鲀鱼肚子里说。

金枪鱼正想游回家去,这时来了一条鲨鱼,把金枪鱼一口吞了下去。

"救救! 救命!"金枪鱼喊叫起来,"这个鲨鱼把我给吞进肚子了!"

"你应得的报应!"大嘴鱼在金枪鱼肚子里说。

"应得的报应!"鲀鱼在大嘴鱼肚子里说。

"你们统统是自作自受!"咔嚓在鲀鱼肚子里说。

鲨鱼游来游去游了逛了一会儿,这时来了一条鲸鱼,把鲨鱼吞噬了。

"救命呀!"鲨鱼喊叫起来,"鲸鱼把我给吞进肚子了!"

"哈……,哈……,哈……!"在鲨鱼肚子里的金枪鱼大笑不止。

"你们全都活该!"在金枪鱼肚子里的大嘴鱼说。

"你们是咎由自取!"在大嘴鱼肚子里的鲀鱼说。

"我认为,这就是老师课堂上讲的危难时刻。"绰号叫咔嚓的小螃蟹在鲀鱼肚子里说,而且又照着课堂上学过的去做,没有贪多,用力地挟了鲀鱼一下。

鲀鱼挨了这一下子痛得浑身抖动……。

大嘴鱼这一下也痛得浑身抖动……。

金枪鱼这一下也痛得浑身抖动……。

鲨鱼这一下也痛得浑身抖动……。

鲸鱼这一下也痛得浑身抖动，咧开大嘴……。

就在鲸鱼张开嘴的时候，鲨鱼从鲸鱼的嘴巴窜了出来，金枪鱼从鲨鱼的嘴巴窜了出来，大嘴鱼从金枪鱼的嘴巴窜了出来，鲀鱼从大嘴鱼的嘴巴窜了出来，绰号叫咔嚓的小螃蟹从鲀鱼的嘴巴窜了出来。

海水疯狂地拍打着海底，打得海底直震颤。紧接着鲸鱼、鲨鱼、金枪鱼、大嘴鱼和鲀鱼全游起来了，而且飞快地游走，离开那儿，奔向各自逃避的地方。

咔嚓小螃蟹则缓缓地沉到海底，回到海藻林溜达。它心满意足地想把这次"危难"情景拍照下来。

当咔嚓小螃蟹重新来到海藻林时，水母埃斯梅拉尔达正从旁边游了过去。"小螃蟹，你现在还在这里呀！"它心急火燎地喊着，"快点吧！快些回家去吧！难道你没有感觉到就要发生可怕的海啸吗？天哪，海啸可算大海里最厉害的灾难啦。我真怕得要死呢！"

绰号叫咔嚓的小螃蟹想："果真是危难的话，那就挟吧，只有一个劲地挟啦！"于是它消失在海藻林中。

（孟继文　译）

随波逐流

〔意大利〕阿尔贝托·莫拉维亚

十亿年前，在扎伊尔的原始丛林里，生活着一只勤劳忠厚的大猩猩。有一年，大猩猩突然患了重病，眼看不行了，它把儿子小猩猩叫到跟前说："我辛辛苦苦操劳了一生，结果还是个穷光蛋。这就是老实人的命运。我没有什么遗产，只能给你留下几句临终遗言：如果你想日子过得好一点儿，要随波逐流。不管在任何时候，都要随潮流而动。"

小猩猩迷惑不解地问道："爸爸，随波逐流到底是什么意思？"

大猩猩回答："这就是说，大多数人怎么行动，你就怎么行动。和绝大多数人在一起，总是平安无事的。你只要看一看扎伊尔河的河面上就明白这个道理了，漂浮在河上的所有东西都是随波逐流的。"

"它们向哪里流？"

"向终点流。"

"什么叫终点呢？"

这次，大猩猩沉思良久，对小猩猩说："什么事情都有个归宿，也就是说，都有个终点。譬如说，你日夜兼程，长途跋涉，就会到达丛林的终点，看到扎伊尔河。同样，扎伊尔河也有自己的归宿。如果你在终点找到蜂蜜，那么终点就是蜂蜜，如果找到香蕉，那么终点就是香蕉。"

"如果什么也找不到呢？"

"那就是说，终点什么也没有。"

小猩猩迟疑了一会儿，又问道："你还有要说的话吗？"

大猩猩又断断续续说了其他一些事情，就断气了。他的尸体从树上跌落下来，掉进了一个泥塘里，渐渐干瘪了。

不久，小猩猩对妈妈说："妈妈，我要走了。"

"到哪里去？"

"到终点去。"

"这是什么意思？"

"要去随波逐流。"

"好吧。"母猩猩长吁短叹着，"你要到达的终点，如果有个布店，给我买两条床单，两个绣花枕头套，一张就餐桌布和八块餐巾。"

小猩猩对妈妈说，他到达终点后，一定要设法买到妈妈需要的东西。于是，小猩猩踏上了去扎伊尔河的征途。

小猩猩在茂密的丛林里，披荆斩棘，用野果、幼芽和嫩叶充饥，不知熬了多少个白天和黑夜，终于到达了扎伊尔河畔。透过树叶的缝隙，但见眼前烟波浩渺，水平如镜。小猩猩迅速地跳跃着，来到河边，禁不住感慨道："呵，果然浩瀚无垠，名不虚传，和父亲生前所说的完全一样。"但心里又不免纳闷起来；"河面风平浪静，一望无际的河水纹丝不动。既然河水不动，又怎么能知道它从什么地方开始流动呢？如果不知道从什么地方开始流动，那又如何随波逐流呢？"小猩猩望着广阔无垠的河水，出神发呆，心慌意乱；不管怎样绞尽脑汁，也消除不了心头的疑团。

小猩猩转过头来，向正在沙滩上舒舒服服晒太阳的鳄鱼打听；"请问，您能告诉我河水从什么地方开始流动吗？"

鳄鱼眨了眨眼，瓮声瓮气地说："混账东西，我不懂这类玩意儿！"

小猩猩怏怏不乐，但又不得不以探询的口吻向全身泡在水里、只露出个鼻子尖的河马请教。小猩猩得到这样的回答："我到什么地方，你就跟着我好啦！"

"这是什么意思？"

"这叫跟河马走。"

小猩猩又跟站在树枝上的秃鹳搭讪。秃鹳沉思片刻，蛮有把握地说："根据科学分析，得出这样可靠的结论：你认为河水从什么地方开始流动，就从什么地方开始流动。"

对于这样的回答，小猩猩大失所望，坐在河边直犯愁。蓦然间，他看见河中有一只用绳子把几根树干绑在一起的木筏。远远望去，可以看到一些黑影随着锣鼓声在木筏上翩翩起舞。小猩猩望着悠悠然向远方漂流而去的木筏，高兴得简直要叫出声来，"这不是随波逐流吗？我可找到了！这可是个千载难逢的机会，我可不能坐失良机啊！"他纵身一跃，跳入水中，游到木筏旁，爬到上面。原来，那翩翩起舞的是一个水上家庭，全部成员都是矮小的黑人：爸爸、妈妈和两个孩子。

矮人以好客而著称。他们对小猩猩热烈欢迎，盛情款待。

小猩猩迫不及待地问："你们随波逐流吗？"

"那还用说。"

"在任何情况下吗？"

"没有任何例外。"

"你们到哪里去？"

矮人爸爸下意识地摸了摸后脑勺说："按照我的理解，一直到终点。"

小猩猩再也不刨根问底了。这一家矮人每天在木筏上载歌载舞，吃喝玩乐，过着无忧无虑的天堂般的生活。小猩猩也跟着他们蹦蹦跳跳，吃的喝的，应有尽有。现在，他多么怀念逝去的爸爸啊！爸爸临终前给他的"随波逐流"的遗言是多么宝贵啊！

坏了。有一天突然狂风大作，河水掀起排排巨浪，一泻直下，对矮人一家和小猩猩造成了严重威胁。但是，矮人不管这一套，稳坐钓鱼船，没有丝毫恐惧的神色。依然唱着跳着，整桶整桶地喝着棕榈酒。

矮人爸爸对小猩猩说："你和人类在一起随波逐流，就不必担心啦！只有傻瓜才会溯流而上，尽做那些费力不讨好的事情，你可不要单枪匹马地去干这种蠢事！"

小猩猩听了矮人的话，像吃了定心丸那样踏实，满以为随波逐流就会平平安安过上好日子，再不会发生任何意外了。但是，现实是冷酷无情的。木筏在暗礁中兜着圈子，在漩涡里上下颠簸着，处境异常危险。矮人一家现在个个喝得酩酊大醉，欣喜若狂，到了歇斯底里的地步。小猩猩紧紧抱着木筏上烧火用的小烟囱，像是捞到一根救命稻草。

白花花的恶浪，如一匹匹脱缰野马，奔腾咆哮，一泻千里，木筏在暗礁中剧烈地颠簸着，汹涌的狂涛，一个接一个，猛扑筏身；系在树干上的绳子绷断了，木筏冲散了。树倒猢狲散。矮人一家和小猩猩在水中拼命地挣扎着，小猩猩不知道有多少次被急流卷入水下，也不知道什么时候又跃出水面，几次濒临绝境。

风停了，浪小了，小猩猩浮到水面，看见茫茫大海在阳光的照射下湛蓝湛蓝，光彩夺目。

下一步如何行动？小猩猩急如火燎。他东张西望，发现不远的地方有一根从木筏散下来的木头，在波涛中翻滚着，便拼命地游去，爬到木头上面。现在他面临着严峻的考验：浩渺海面无边无际，也不知海水流向哪里去？在这种情况下，怎么能到达终点呢？他紧紧抱着木头，左顾右盼，无可奈何地叹息着："一望无际的大海没有岸边，没头没尾。待在这木头上，孤立无援，只能束手待毙了。但又有什么办法呢？只好听凭命运的摆布了。"

小猩猩以鱼虾和海带充饥。木头在波涛中上下翻滚着，时而停下来，时而漂流而去……多少个日去夜来，寒来暑往，晦晴风雨，小猩猩一直爬在木头上，颠沛流离。

海水由湛蓝变成了淡蓝，又由淡蓝变成橙黄。天气渐渐变冷，淫雨霏霏，冻得习惯于在非洲骄阳下生活的小猩猩直打哆嗦。

有一天，小猩猩看见一艘货船，船身镶着铁板，高大的烟囱吐着滚滚黑烟，停泊在离树干不远的地方。货船的旁边还有一艘抛锚的救生船。早已疲惫不堪的小猩猩被人轻而易举地捉到船上，装入舱内。

船长对小猩猩热情招待。舱里暖烘烘的，小猩猩再也不冷了，他吃了一顿丰盛的早餐，有香蕉、菠萝什么的，再也不饿了。他对船长说："感谢您把我从死亡的边缘拯救出来。请问，现在我在什么地方？"

"是在英国货船上。我们正沿着泰晤士河溯流而上，不久就可以到达伦敦了。"

小猩猩心里"扑腾扑腾"地直跳，转喜为惊："那么，我们不就是逆水行舟了吗？"

"对啦，对啦！"

"这是怎么搞的？"

"道理很简单：我们的船上装着发动机，能产生动力，就可以溯流而上。"

"我们这样溯流而上，对我会产生什么结果？"

"你将被交给伦敦动物园主任，关在一个精制的笼子里。毫无疑问，你将成为动物园里最有吸引力的动物。"

可怜巴巴的小猩猩不禁失声痛哭起来。他真没想到，自己的冒险活动会有这样一个不幸的结局，成了人类的猎获物。他呜呜咽咽地哭了一阵子，拿起笔，给妈妈写了一封信：

"亲爱的妈妈：我没有看见布店。一旦到了伦敦，我就变成动物园的住户了。你大概想知道究竟发生了什么事，简单情况如下：我随波逐流，结果撞在暗礁上，差点儿丧生；在看不见水流的茫茫大海上，我和木头相依为命，过着流浪的生活，几乎冻僵饿死；后来，我溯流而上，被关进笼子里。"

（王勇　译）

冰雕的王冠

〔意大利〕阿尔贝托·莫拉维亚

北极的海象请兽中之王狮子到家里来做客。刚送走客人，海象就对他的妻子泰莉凯基娜母象说："为什么狮子有王冠，而我却没有？我在这北极，如同狮子在回归线上一样，起着举足轻重的作用。但是，他戴王冠，而我却没有。"

妻子答道："他这森林之王是大伙一致推举的。而你总是受大家的嘲笑。这一点你应该心里明白，是清醒清醒的时候了。"

海象听了妻子的话，喘着粗气问道："嘲笑我？真有这样的事吗？"

"谁跟你开玩笑！你块头这么大，行动迟钝又愚蠢，人家给你编了顺口溜，挂在嘴边说得滚瓜烂熟，都已经家喻户晓了。什么'普天之下海象最迟钝，四海之内海象最愚蠢。'你还想做森林之王的美梦呢！再说，北极也没有什么森林呀！你应该有点儿自知之明嘛！"

海象大声地吼叫:

"如果我想戴王冠,我就一定要戴上!"

妻子说:"随你的便。我可是有言在先:即使你有了王冠,我也决不会每天给你戴的,要戴你自己戴。我家道贫寒,却是个清白人家。在我们家,从没有什么人讲王冠不王冠的。我的父亲是经验丰富的老渔夫,他一唱起忧伤而情深的歌儿,成群的鱼儿就游到水面上来。我的母亲是位谦逊的教师,她教螃蟹如何直立行走。我再向你说一遍,我什么王冠也不要。"

然而,海象犹如吃了秤砣,铁了心啦,他非要戴上王冠不可。

海象穿梭般地拜访海豹、企鹅、海貂、鲸鱼、海豚、海燕、海鸥,跟它们没完没了地来回商量。他到处许愿:"我当了国王,准给大伙儿丰富的礼物、重要的职务、显赫的爵位。"有些动物对海象一意孤行想称王表示异议。因为到目前为止,北极并没有什么国王,大家照样过得挺好。对于持怀疑态度的伙伴,海象不厌其烦地进行游说:

"有一个国王这是十分必要的。现在鱼越来越少,谁分得多,谁又少了,容易发生纠纷。我当你们的国王,管保可以分得公平合理些!"

经过海象的四出游说,绝大多数动物总算勉强同意他当王了。但是,最使海象伤脑筋的是:做一顶什么样的王冠好。首先必须物色一个能工巧匠,才能做出一顶最漂亮的王冠,足以使狮子羡慕和妒忌。但是任海象苦思冥想,在北极也找不出一个称心如意的巧匠。

于是，他开始了远征，从一座冰山走向另一座冰山，最后来到了西伯利亚。这里生长着茂密的森林，它是河狸的故乡，而河狸正是心灵手巧的木匠，早就享有盛誉。

海象心里想："河狸既然能干木工活。肯定也会加工黄金，给我做顶金冠。"但是他想错了。海象亲临作业房，迫不及待地说出自己的愿望。河狸感到十分为难，抓耳挠腮地不知如何是好。他无可奈何地说："最好还是给你做顶漂亮的木头王冠。它可以是松木的、白桦木的、栎树的、香缘木的，也可以用最高大的、堪称稀世之宝的红杉木来做。做木头王冠是我的拿手杰作，但是金子王冠我可做不了。"

海象答道："木头王冠我可不要，只有木偶的头上才戴木头王冠。我需要一顶金子的王冠，用金子一样闪闪发光的材料做的王冠才行。"

河狸摸着脑袋，显出为难的样子。他本想对海象说，做金子王冠自己实在无能为力。突然，河狸脑子里闪出一个念头："西伯利亚漫漫的冬季，河流结着厚厚的冰层，杉树上覆盖着白雪，各种峭壁悬崖上垂挂着钟乳石般的又粗又长的冰凌，隆冬季节，冰凌在阳光映照下，光彩熠熠。有了，有了，何不给他做顶冰凌王冠呢？对他说，这是钻石王冠。那蠢货一窍不通，也分辨不清冰凌和钻石。再说，北极是永久冰土地带，那里的冰雪终年不化。"想到这里，河狸暗自高兴，装出若无其事的样子对海象说："你知道我给你做顶什么样的王冠吗？是钻石的，它比金子王冠还要贵重，还要晶莹夺目。"

海象问："哪里能搞到金刚石呢？"

河狸回答："这你就不用管了。我能在一个岩洞里找到这种钻石。你放心地回北极去吧，十五天以后再见。"谁都知道，金刚石是一种最坚硬的物质，经过长时间的琢磨、艺术加工，成为钻石，可以做钻石王冠。

海象听了信以为真，返回北极去了。

河狸马上全力以赴地投入工作。他别出心裁地从岩石上截了一大块冰凌，用工具雕琢成一个圆锥体，经过精心加工，把圆锥体雕琢成一掌高、两指厚的、光溜溜的小圆台，中间挖了个窟窿，逐步扩大。做成了一顶同海象的脑袋差不多的王冠。这时候，王冠上还没有进行雕饰，只是一顶极其普通的王冠。

河狸煞费苦心精雕细刻，王冠终于变成了玲珑剔透的稀世珍宝，上面镂刻了精致的图案花纹。王冠在阳光下，光彩夺目，宛如一块艳丽多彩的宝石，巧夺天工，使人赞叹不已。

自然，海象戴上王冠的那种高兴劲儿是不难想象的。他一回到北极，就组成了举行加冕典礼的一个乐队。

加冕典礼的日期终于来到了。北极的所有居民都云集广场。海象戴上王冠也来到广场，他登上雪堆，慷慨激昂地发表演说：

"我的臣民们……"

他的话音未落，广场上就掀起一阵骚动。大家感到纳闷，不禁要问："海象是在什么时候，用什么手段，把北极的居民变成他的臣民的呢？"

海象继续说：

"亲爱的臣民们，产生一个国王，这是你们迫切的需要，如果没有国王，就没有臣民，如果没有臣民，同样也就没有国王。国王离不开臣民，臣民也离不开国王。因此，国王是绝对需要的。喏，我就是身长五米，体重三吨的，你们的国王。"

突然，有一个声音大喊大叫着："白熊呢？白熊呢？你把白熊放在什么位置上呢？"

海象又说："白熊怎么能同我相提并论呢？不论身长或是体重，他都不是我的对手。既然这样，为了你们的幸福，我不得不做国王了。但是，难道有不戴王冠的国王吗？没有，从来也没有，就像不曾有过没有鸡冠的公鸡一样。你们看：这是我的王冠，你们瞧一瞧，王冠是钻石的，比狮子那个无赖的王冠要漂亮、珍贵千万倍。因此，我是你们的国王，你们是泥土、垃圾和工具。"

这一天，太阳隐蔽在乌云中，海象刚刚结束他那冗长、乏味的讲话，太阳就露了出来。王冠在微弱的阳光下，活像被一缕缕、一道道银丝线牵引着。一转眼的工夫，这些乱糟糟的北极居民变得犹豫不定了，不一会儿掌声雷动，笑声四起。海象看到这壮观的场面，得意扬扬起来，不时地摇头晃脑，俨然是一位国王。

海象并不以此为满足，还想向狮子当面炫耀一下自己的王冠。他反复寻思，有一天他对妻子泰莉凯基娜说："我们应该对狮子做一次回访，我想让你陪我去一次。"

妻子说："说实在话，你的王冠同狮子的一比，准会把他气个半死。"

"真会这样吗?"

妻子说:"要我陪伴你去吗?我可以坦率地告诉你,你不要打我的主意,我说什么也不去。我生为家庭妇女,死也是家庭妇女的鬼,我是做家庭妇女的料,如今我一点儿也不认为自己是什么王后。你若想去,你就去吧,反正我不去。"

听了妻子这席话,海象很不乐意。出于虚荣心作怪,海象对于妻子的劝告完全听不进去,把夫妻间的多年恩爱置之脑后。通过同狮子的频繁交换信件,他终于得到了邀请。海象撇下妻子,坐上狮子派来的飞机,动身飞往赤日炎炎的回归线回访狮子去了。

狮子对于他在北极受到海象的盛情款待的情景是难以忘怀的,他准备以礼相报,给予热烈隆重的欢迎。迎接的项目包括检阅两个仪仗队:军队仪仗队和王宫、臣民仪仗队。欢迎仪式安排在上午,露天举行。

载着海象的飞机降落在棕榈树环抱的机场跑道上,乐队奏起北极歌曲。由狒狒、猕猴、大猩猩、黑猩猩组成的一个团队持枪向海象致意,狮子和海象肩并肩地缓步走着检阅仪仗队。

上午七点钟,回归线上火盆似的太阳悬挂在当空,人们挥汗如雨。仪仗队后面回归线上的臣民对两顶王冠啧啧称赞,彼此交头接耳,挤眉弄眼,评头品足,有的喜欢金子王冠,有的喜欢钻石王冠。总的来说,海象的王冠更有特色,比狮子的王冠更珍贵、更漂亮。

两位君主登上敞篷汽车,来到王宫。九点钟,太阳像一团火似的，烤得大家透不过气来。海象惶惶不安地发现，他的王冠正在滴答滴答地往下滴水，一直淌到他的前额、颈背，流向鼻子、脖子里……最后，王冠变成了一个圈，活像狗脖子上的颈圈。海象诅咒河狸的恶作剧，悔恨莫及，也责怪自己的虚荣心，但是后悔已经晚了。这时候，狮子及其达官显贵们已经发现北极王王冠的消融，互相交换着讽刺和嘲笑的目光。海象实在是无可奈何，最后他鼓起勇气，向坐在汽车上的、紧挨着自己的狮子嘟哝着："发生了极其遗憾的和令人烦恼的事情。我的王冠做得过于宽大，正往下滑，不知陛下能否为我找一顶普通的王冠暂时戴一戴。"

要知道，狮子也是狡诈奸猾的家伙，他一开始就意识到，海象是想当面侮辱他，他正要伺机报复一下。狮子一本正经地连连说："有，有！怎么没有呢？日常戴的王冠有的是！"

狮子同自己的恩师——典礼官咬耳朵嘀咕了几句，便起身告退。

不一会儿，狮子捧着一顶普通王冠回来了。实际上，这并不是什么王冠，而是……一条带鱼。这种扁平的、长长的鱼像一条带子，所以都管它叫"带鱼"。这种鱼经过加工重制，把尾巴塞进它的嘴里，拿到集市上去出售，看起来像一个完美的圆圈。

狮子对海象说："这条带子就是平常在家里戴的最普通的王冠。"说罢狮子旋即把带鱼扣在海象头上。接着，狮子拉着海象来到广场，把他介绍给聚集在广场上的臣民。

海象被腥臭扑鼻的带鱼呛得透不过气来。他心里想："狮子亲自把带鱼圈戴在我的头上，这已经是隆重的礼遇了，我怎么好意思拒绝呢?"他苦思冥想,也找不出一个两全其美的办法来,只好听之任之了。

场上的臣民看到北极王戴着带鱼王冠,不禁哑然失笑。此外,带鱼是回归线一带最普遍、最不值钱的鱼类,把它戴在北极王的头上,这究竟是什么用意?大家感到纳闷,一时议论纷纷。

海象挥手致意说:

"公民们,我是北极的国王……"他边说边把头上的带鱼王冠扶正。广场上一片欢腾,笑声不绝。王公贵族,文武百官,个个开怀大笑,狮子只是出于礼貌,才没有笑出声来。

这就是海象冰雕的王冠消融的真实故事。

请记住:每顶王冠都需要一个脑袋去戴,但是,绝不是所有的脑袋都非要一顶王冠不可。

(王勇 译)

长颈鹿寻找自己

〔意大利〕阿你贝托·莫拉维亚

你们大概知道，一万亿年以前，在一片荆棘丛生的草原上生活着一只孤零零的长颈鹿，它奇就奇在从来没照过镜子。你们准会说："草原上哪会有镜子呢？"我的回答是："说得对，草原上没有镜子。不过有许多同类动物，大伙儿彼此相像，你看看我，我看看你，就跟照镜子也差不离。总之，别的同类动物就是镜子。"

别扯远了，接着说吧。长颈鹿孤零零地在草原上长大了。方圆一千公里内，只有它是四足动物，其余的只是鸟儿呀，昆虫呀，等等。有人听到这儿会问："可是，长颈鹿难道没有父母亲吗？"嗯，当然，长颈鹿跟所有动物一样，也有父母亲，只不过它们全去世了，死得很离奇。当时长颈鹿还很小，一天，父母亲发现大树上有一朵红花，产生了吃这朵花的愿望。

　　树很高，花开在树梢；为了够着花，长颈鹿的双亲尽量伸长脖子，钻进两个由树枝交叉而成的丫杈中。它俩吃那朵花，各吃了三片花瓣；可吃后脖子不能离开丫杈了。它俩是穿着高跟木屐才把脖子搁在杈丫上的，这时木屐掉了，它俩只好胡乱踢着蹄子挣扎，不多时便断了气。小长颈鹿那时身材不高，只好将就吃一些低矮的灌木，吃完一丛再吃一丛，越走越远，最后独自来到这片广阔无垠的草原上。

　　因此这只长颈鹿是在完全孤独的情况下长大的，直到我们的故事开始时也没有同伴。它可真是一只漂亮的长颈鹿：身长两米半，从蹄到尾巴高三米，到头部高四米。可是说来你们肯定不信，长颈鹿由于没有镜子，深信自己跟一条普通猎狗同样高矮，也就是说，离地面只有二三十厘米高。它真是这么认为的，而且还不断把这两句话挂在嘴边："我们都是矮个子，我的个子尤其矮。"

　　长颈鹿在它生活的草原上结交了一个朋友——鹬鸟。这家伙谨小慎微，还特别喜爱讲挖苦话。一天长颈鹿闲聊时对它说："我的个子太矮小了，有几回我真怕老鹰把我撵走，把我带到不知什么地方去吃掉。"鹬鸟哈哈大笑起来。长颈鹿莫名其妙地问："告诉我，你干吗笑？有什么可笑的呢？我个子矮小，见了老鹰害怕，这难道有什么可奇怪的吗？"

　　鹬鸟说："这很奇怪，因为应该是老鹰怕你。除非它的身体像山那么大，爪子和尖喙有人的臂膀那么长，它才能把你撵走。"

　　讲简单点吧，鹬鸟和长颈鹿争起来，说了许多不堪入耳的话。

后来鹬鸟赌气飞走了，长颈鹿独自留下。

它自己也开始疑惑起来了。它发现跟鹬鸟争吵不休时，只要它一说自己个子小，树上的鸟儿们便个个捧腹大笑。或许鹬鸟说得对吧？可是有什么办法能弄清这一点呢？想来想去，长颈鹿最后决定到世界各地去转转，看看事实真相如何。譬如说，它听说某个遥远的国度里生活着一些跟它一样有四条腿的动物，它们名叫狮子。"说不定我是只狮子吧？"它想。

走呀走的，长颈鹿穿过了两三座森林和两三个沙漠，越过了三条山脉，最后来到狮子国。这个国度树木很少，灌木也很罕见，全是沙壤，跟长颈鹿在那儿长大的草原没多大不同。长颈鹿找了一段时间后，发现了一家子狮子：狮子父亲，狮子母亲，还有四个小孩，也就是小狮子。长颈鹿朝这一家子走去，心在怦怦乱跳。它打老远就喊道："你们好，朋友们，我是来跟你们住在一起的。"

母狮子打了个呵欠：它早饭只吃了半头水牛，肚子还没饱。公狮子也很可怜，只好将就着用一头羚羊充饥，肚里不知怎么回事还在咕咕叫哩。小狮子们更糟，它们饿坏了：各自只吃了一只珍珠鸡。所以全家子理所当然地想朝长颈鹿扑过去，如果不是一头大斑马正好从这儿经过的话，它们会把它撕成碎块吃掉的。斑马代替它遭了殃，只见狮子们扑到它身上，咬断它的喉管，不久就把它吃得干干净净。长颈鹿心想："说实在的，我从来没杀害过任何动物。不过我既然也是狮子，也就应该这么做。试试看吧。"这时一头野猪恰巧有事路过。长颈鹿学那几只狮子的样子，紧跑几步，扑到野猪身上。真不该这样做！它那软绵绵的嘴在野猪的厚皮上连一道痕印也没咬出来。倒是野猪前腿一伸把它推开，后腿一踢使它倒在尘土中。野猪吼道："你逞什么能？以为自己是狮子吗？"

"我就是狮子。"

"嚯，你就是狮子！去照照镜子吧，可怜的疯子。"

于是长颈鹿继续去寻找自己。这回它相信自己是大象，可它马上发现脸上没长着那么一条不成比例的长鼻子，大象是用它来卷草，把草连根拔起送进嘴里的。不久它又以为自己是食蚁兽，低下头去舔蚂蚁窝，结果舌头被蚂蚁咬得红肿发疼。后来它又觉得自己是鬣狗，抢着去吃腐尸肉，却被一股恶臭熏得倒了胃口，赶紧避开了。

长颈鹿不晓得该往哪儿走。一天夜里，它找不到一个栖身宿夜处，便设想自己是一条蛇，试着往水蛇洞里钻，但它发现连鼻子也塞不进去。长颈鹿灰心丧气了，只好躺在被圆月照亮的大草原中部露宿。它很累，睡了很久，第二天红日高照时才醒。它站起身，朝周围张望了一下，惊讶地发现这片大草原上稀稀拉拉地长着一些洋槐树，每棵树旁都站着一只十分奇怪的动物，它们不低头吃草，而是伸长脖子去够长在最高的树枝上的嫩叶。这些动物长相如何？奇形怪状，简直没法相信，不能想象。长颈鹿以为自己看花了眼。它们的脑袋很小，像羚羊一般；脖子很长，上细下粗；身体壮实，前高后低；腿长得无法形容。另外，身上斑斑点点，跟金钱豹似的。怎么会长成这种样子？长颈鹿左看右看，忍不住哈哈大笑起来，边笑边说："不对，不可能长成这样，准是我看花了眼。"

当然，其他长颈鹿——原来它们就是长得跟它一模一样的长颈鹿，很不高兴，打老远就大声说道："笨蛋，你笑什么？"

长颈鹿回答说："我笑你们长得太可笑。"

"你长得也跟我们一样可笑。"

"别把我扯进去。我跟你们完全不同。"

"嗬，真的？好吧，让我教训教训你，"一只长颈鹿说着走到它跟前，对准它的肚子踢了一脚；其他长颈鹿也纷纷这样做，差点要了它的命。一只表情严肃的老长颈鹿这时想了想，用权威性的口气说："喂，你们别踢它了。而你告诉我，你以为自己是什么呀？"

长颈鹿不知该怎么回答好："我……我以为跟你们不一样。"

"明白了。好吧，你跟我来。"

长颈鹿乖乖跟着它的救命者走。老长颈鹿把它带到密林深处的一个池塘边上。

"你现在爬上这个小土丘，对着池水看看自己的模样吧。"

长颈鹿顺从地爬上小土丘……可是，哎，正当它要对着池水看自己的长相时，住在池塘里的鳄鱼张开大嘴，露出两排密密麻麻的尖牙。长颈鹿生性懦弱，胆子很小，被这两排利齿吓得失魂落魄，跳下小土丘，一溜烟逃走了。不多一会儿，它回到其他长颈鹿中间，不管谁问它是否看清了自己的水中模样，它总是回答说："是的，看清了，我长得跟你们一模一样。"从这天开始，长颈鹿加入了自己的同类群中，再也不硬说自己与众不同了。但它内心却想道："我没看见自己的模样，是因为池塘里有鳄鱼。所以我不知道自己是不是长得跟它们相像。我觉得不像。"

（袁华清　译）

猫先生罐头商店

〔意大利〕罗大里

一

猫先生早就想成为一个富翁。这天,他分别去找他的三个叔叔,想听听他们的高见。

"你可以当小偷。"大叔说:"这样,不费吹灰之力你就成为富翁了。此外,没有其他办法。"

"我太老实,怎么当得了小偷。"

"那有什么关系!小偷中有很多诚实的人,而诚实的人也有很多当小偷的。"

"我再想想吧。"猫先生说。

"你可以当歌唱家。"二叔说,"要想成为远近闻名的富翁,这可是个不费气力的职业。没有再好的办法了。"

"我的嗓子实在太糟了。"

"那有什么关系！许多歌唱家唱起歌来，像狗叫，可转眼工夫却发了横财。干吧，干吧，还是这个差事好。我写曲子，你唱，好吗？好啦，就这样决定了！"

"我想想再说吧。"猫先生说。

三叔对他说：

"你可以经商，开一家漂亮的商店，人家就会排着长队把钱送给你了。"

"我卖什么货呢？"

"卖什么？卖钢琴，电冰箱，电动机车……"

"这些太笨重了。"

"那就卖女式手套。"

"这样，我会失去男顾客的。"猫先生回答。

这只猫整整想了七天七夜，最后决定开一家专卖老鼠罐头的食品店。

在一幢刚刚落成的大厦底层，猫先生租赁了一间房子，安放了柜台、货架和钱箱，还雇了一位猫小姐当出纳员。为了节省开支，自己油漆了一块招牌，上面写着："出售老鼠罐头。"

"太好了！"猫先生雇佣的第一位工作人员——出纳员猫小姐称赞道，"毫无疑问，出售老鼠罐头是个好主意。"

"如果我没有天资聪颖的头脑，就根本想不出这种绝招儿来。"猫先生得意忘形，又在招牌上写道：

"凡买三个老鼠罐头者，免费赠送开罐头刀一把。"

"可是，我们到哪里去找老鼠呢？"猫小姐问。

"别急，别急，一切都会顺利。罗马的建筑并非一日之功啊！"

"如果有人来，我怎么应付他们？"

"把订货者的名字、地址写在这张纸上，并且告诉他，我们将送货上门。"

"猫先生，"猫小姐又问："您需要送货郎吗？您要是同意，我的弟弟可以……"

"好吧，先试用他一个星期。工资将是每天两个老鼠罐头。"

"我的呢？"

"给您三个吧。"

"带开罐头刀吗？"

"那还用说！您将在圣诞节、复活节和我的生日那天收到三把刀。"

猫小姐认为，她的主人真是慷慨大方！

第二天，罐头盒子运来了。

罐头商标是用光亮润泽、五颜六色的纸张做成的，每个商标上都画着一只眨着眼睛的老鼠，下面印着这样一些字；"老鼠罐头，品质优良，价格合理，小心伪造。"

"怎么回事？"猫小姐不明白了，"还没有老鼠，哪来的伪造品？罐头盒里到底放什么东西？是鼹鼠？还是仓鼠？"

"当然，现在还没有什么伪造品。"猫先生解释着，"可是，随着老鼠生意的兴隆，伪造品是难免的。退一万步说，就是没有人伪造，那样写照样是最好不过的。顾客会这样想：留神，小心上当，只有这种老鼠罐头是特级货。这样，我们的商品就会畅销。"

猫小姐赞叹不已。她的主人又聪明，又能干，确实有做买卖的天才。还有，他还没有结婚。

"您照料一下店铺。我现在得去找原料。"猫先生说。

猫小姐留恋地目送着主人。她认为，主人风度翩翩，眼睛放射着坚毅的光芒，确实是一位见解超群、成效卓著的商人。

"猫先生是商人，"猫小姐心里想，"但还不是爵士。可我不喜欢爵士，因为一般说来，他们都已经结婚了。"

二

猫先生在地窖里找到了第一只老鼠。老鼠洞在一堆煤的后面。

"您好！"猫主动打招呼。

"我不知道好不好。"老鼠回答。

"对您来说，这一天将是美好的。"猫十分肯定地说，"而且也是具有历史意义的一天。您将成为我们行星上第一只罐头老鼠。您认为如何？"

"我一无所知。"老鼠还是这样回答。

"您总是一问三不知。"猫显然发怒了，"喂，加油！您稍微一跳，就能跳进这个彩色的漂亮盒子里。不信？您试一试。"

"跳进去干什么？"

"您将会看到我说的完全有道理。"

"我更喜欢看动画片。对了，我想起来了，现在电视上正播放动画片呢！向您致意，再见！"

老鼠钻回洞里。不管猫先生如何苦苦哀求，老鼠怎么也不露头，连尾巴尖都隐藏起来了。

第二只老鼠住在阁楼上，藏在一只大箱子后面的窟窿里。

"您今天真交了好运。"猫先生远远看见老鼠，便高声大叫。

"我不知道。"老鼠很冷淡。

"又是一个不知道！同一个腔调！"猫生气了。

"那您得先告诉我，我今天交了什么好运？"

"今天是我的公司开市大吉的日子，我可不喜欢人家对我饶舌。"

"只要您钻进这个最好看的盒子里，就万事如意了。您将以公平合理的价钱卖给我，您会得到应有的报酬。"

"多好的主意哟！可惜我不能接受这个条件。您的盛意我看得很清楚，您精心制作的商标也不能使我迷惑。我现在正准备去度假，对不起，祝您万事如意，并请转达我对您妻子的问候。"

"我还没结婚呢！"猫按捺不住心头的怒火，终于发作起来。

"没关系，您什么时候结婚，我什么时候祝贺您！"

三

第三只老鼠正在郊区的草坪上乘凉。因为他十分爱惜自己的尾巴，把它藏在洞里，一旦发生危险，他的一个堂兄就会把他拉进洞里。

"您好！"猫先生打招呼了。

"我不知道好不好。"老鼠回答。

"您将成为我的食品店里最理想的一个股东。您进去好吗？"

"进到哪里去？"

"进到这个盒子里。您看，这个盒子多漂亮！"

"算了吧，我要去玩旋转游戏机了。"

"这就是你们老鼠的所作所为！"猫先生勃然大怒，"你们对生意上的事儿毫无兴趣。不愿牺牲任何自己的利益。却要去坐旋转游戏机。真是异想天开！"

"说实话，我们还想去打秋千呢。就这样吧，向您和您的儿子问好！"

"我还没结婚！哪有儿子。"

"您什么时候结婚，别忘了请我们吃喜糖。"

这时，老鼠发出了"危险"的信号，他的堂弟猛地拉住他的尾巴，把他拖到洞里。老鼠的动作那么快，如同一瞬即逝的流星，使猫先生难以相信。

"猫先生，我们的生意太兴隆了。"猫小姐看到主人回来，高兴得咪咪直叫，"我们已经接受了一百一十七家的订货。德·费丽尼斯公爵夫人订了二百盒。我计算了一下，我们必须赠送给她六十六把半开罐头的刀。唉，这半个刀怎么给？是给带刀刃的前半部，还是给带把手的后半部？"

猫先生咕哝了一句，谁也没听清他说什么。

"猫先生，您看我弟弟干得多出色。"猫小姐接着说。

送货郎在橱窗里把罐头盒子垒成金字塔形。可是，有些罐头弄颠倒了，因为他没弄懂商标上的话。虽然如此，他对工作还是得意非凡，连他的绒毛胡子都抖动起来了。

猫先生不耐烦了：

"好啦，好啦。今天就干到这儿，你们回家去吧。"

猫小姐和她弟弟便夹起尾巴"噌"地一下跑掉了。

猫先生关好店门，去征求三叔的意见。

"亲爱的叔叔，生意毫无进展。老鼠绝对不想进入罐头盒。可明天我必须向德·费丽尼斯公爵夫人交上一些重要的订货。您看如何是好？"

"亲爱的孩子，"三叔说，"你忘了要大张旗鼓地宣传。广告是做生意的灵魂，你难道不懂这个道理？"

"我答应白送给他们开罐头刀，还搞了优待券呢。"

"这种宣传对买罐头的顾客当然是顶呱呱的，可是，对老鼠来说，最好的宣传品是奶酪。"

"对，您的意思我全明白了。"猫先生惊喜地说。

"真聪明，"三叔称赞他，"只有我们的家庭才会产生出这样发达的头脑。你爷爷现在一直有两个家，每个家都是安乐窝，有一碗碗的鲜奶，一盘盘的嫩肉。"

"两个家？他怎么住？"

"白天，他住在一个巡夜的警察家里；晚上，一直到第二天早晨，他住在一位老师家里。当老师去学校上课的时候，他假装陪着走，实际上是去警察家里。晚上，当警察去上夜班的时候，他也假装陪着，实际上是去老师家里。"

"真了不起！爷爷叫什么名字？"

"在老师家，他叫羽毛掸子。在警察家，他叫拿破仑。我们都叫他'两面二世'。"

四

猫先生买了一大块奶酪，放在地窖的老鼠洞口，堵得严严实实，这样，老鼠想钻出来，必须打通奶酪。

"我还在洞口旁边放着个盒子呢。"猫先生得意地暗笑。"老鼠一旦从奶酪里钻出来，'扑腾'一声，掉进盒子里；'咔嗒'一声，我关上盖子。然后，拿到柜台出售。好哇！真妙！"

其实，这种事对老鼠是有百利而无一害的。老鼠一家痛痛快快地吃着奶酪，而且很快就长肥了。

"在这个世界上"，老鼠心里想，"谁也不会不提出任何要求而白白送来一大块奶酪的。你给我个好处，反过来，我也必须给你个好处，这是丑恶的行为。可这件事又不能不认真对待。是谁在我的家门口放了奶酪?"

为了探明情况，老鼠在奶酪皮上打了一个很小很小的洞眼。从里向外一望，老鼠看到猫的一只腿上拴着个盒子，另一只腿上拴着个盖子。

"您好!"老鼠首先打招呼了。

猫先生隐约听到了从奶酪里发出的很细很细的声音。

"您又做了什么好事?"

"您没看见，我已经在盒子上做了广告。您看怎么样?"

"当然，奶酪是优质的。"

"真的? 道理就是这样: 如果您认为奶酪特别好吃，那盒子就更漂亮了。您愿意享福吗? 我可以帮助您钻出来。"

"对不起，我不想打扰您。"

这时，猫先生怒不可遏了: "你们对我的奶酪贪得无厌，却从来一毛不拔。这是不道德的行为。"

"好吧，好吧，我把奶酪皮给您留下。这样，我们谁也不吃亏了。"

"我要控告您诈骗、盗窃和无礼的行为。您必须到法庭上对您的行为作出回答。"

"可以，不管哪一天去都可以。"

"现在就去!"

猫先生说着,抓起奶酪,猛地向洞口扔去,丝毫不管那些小老鼠听到砰砰的声响而发出的惨叫。

"甭害怕,没什么了不起!"老鼠给全家壮胆,"奶酪不是我们的陷阱,别紧张,唱支歌鼓鼓劲!"

老鼠领唱了第一段:

"奶酪中的老鼠万岁!"

"勇敢的老鼠万岁!"

妻子也跟着丈夫唱起来,七只小老鼠也停止哭泣,参加了合唱。

猫先生拾起奶酪,从地窖里出来,径直向法庭走去。大街上的行人都左顾右盼,寻找发出声音的地方,有的人还议论起来:

"真怪,奶酪居然唱起歌来了!"

"什么歌?"

"不劳动者也得食的歌。"

"不劳动者也得食,在我们这个世界上屡见不鲜。"

猫先生把奶酪放到法官面前,要求伸张正义:

"阁下,老鼠偷吃了我的奶酪。"

"说真的,"法官指出,"应该说,是奶酪偷了老鼠。"

"对啦,对啦,就是这样。"老鼠吱吱叫起来,从奶酪里伸出小脑袋向外探望。"阁下,猫先生要剥夺我的自由,剥夺我们家庭的自由,包括我的七个小孩子!"

"是你们偷吃了我的奶酪。"猫吼叫着。

"我们是吃了奶酪,但这是广告奶酪,是公司赠送给我们的礼物。"

"是这样的吗?"法官问。

"很遗憾,可以这么说"。猫先生不得不承认。

"那好,我也要吃一块。"法官说,"我很欣赏这种受欢迎的宣传广告和广告上的回转游戏台。"法官吃完奶酪,命令老鼠带上通行证,派专人护送,以便让老鼠在没有任何危险的情况下返回驻地。法官还要求猫先生支付这场官司的所有费用。

猫先生回到店铺。猫小姐迎上前去,兴高采烈地说:

"德·索莉娅尼斯侯爵夫人已经订了七百一十五个老鼠罐头,她要求我们今天晚上七点四十分交货。我计算了一下,要把这些货送到她家,我弟弟得跑上七趟。"

猫先生闷闷不乐,一声不响,坐在柜台上暗自思忖:

"这就是人家对我的报答!我费尽了心血,开了一家新型商店,买了罐头盒,贴上商标,雇请工作人员,为顾客的利益整天操劳奔波,可是得到了什么呢?白白糟蹋了奶酪,还支付了打官司的一切费用。现在已经到了世界的末日,不管对谁,包括老鼠、亲戚朋友,都不应该发善心。"

猫先生内心充满忧伤,尾巴也从柜台上耷拉下来,像是下半旗志哀的样子。他继续想道:

"老鼠是吝啬鬼,过着不光彩的生活。我本想给他们美好的前途，把他们放进橱窗，成为大家观赏的对象。为了这一点，我无偿地供给他们经久耐用、封印得好好的马口铁罐头盒，还印上第一流艺术家绘制的商标，把老鼠画得栩栩如生。我还白送给顾客开罐头刀，还有优待券，罐头价格也合理……可是，我好心没有好报，落得现在这样可悲的下场。老鼠疯狂地反对我，用奶酪贿赂法官以换取对我的惩罚。在这个世界上，没有诚实可言，真把我逼到了落草为寇的地步！"

想到这儿，猫先生想当强盗的念头油然而生。土匪、窃贼和海盗的形象似乎从他面前一一掠过，他们在左眼上蒙黑布，披挂着黑旗，旗上画着个骷髅，还有两根交叉着的骨头。

猫先生立下了座右铭：我的脚趾所到之处，老鼠将一扫而光。

"猫先生，"猫小姐问，"我该怎样答复德·费丽尼斯公爵夫人和德·索莉娅尼斯侯爵夫人呢？"

"猫先生，"猫小姐的弟弟接着问，"为了送货上门，我是骑三轮脚踏车还是由公司派给我一辆机动运货车？"

"猫先生，"猫小姐又说，"刚才税吏来过。他看到我们钱箱里只有一个铜板！他说他明天还来，下雨也来。"

"猫先生，"猫小姐的弟弟又说，"今天没活儿干，我可以和朋友们去玩球吗？我是守门员，善于用尾巴阻击对方的猛攻。明年我也许会加入咱们这座城市的足球队呢！"

猫先生来回摇头，好像在说："我担多大风险，负多大责任啊！什么货物、顾客、猫小姐、税务、送货郎，还有什么足球队……我都得管!"

"我的朋友们，"猫先生斩钉截铁地说，"我们将开始新的一页。看来，卖老鼠不受欢迎，也许我的想法大大超越时代，不是所有的天才思想都能很快被人们所理解和受到重视的。伽利略说地球绕着太阳转，结果受到许多指责和迫害，更不用说哥伦布了。他想远征，谁也不支持，结果他发现了美洲新大陆。我相信，子孙后代是会对我作出公正评价的。"

"是这样吗?"总是怀着崇敬心情倾听主人讲话的猫小姐问。

"从今以后，我不再经营老鼠罐头了。我要卖毒药，毒死老鼠!"

"太可怕了!"猫小姐叹了一口气。

"如果我不是天下第一号奇才，就想不出这个绝招儿了! 我们卖毒药，一定生意兴隆。你们放心好了!"

"您真能干!"猫小姐咪咪直叫。

"还送货上门吗?"送货郎问。

"是的，要送货上门。"

"报酬怎么样? 我可不要中毒的老鼠。"

"我给你现款。"

"那我得学会算账。"送货郎说，"现在我可以去玩球了吗?"

"去吧。"

猫先生从橱窗里拿走旧招牌，很快换上新牌子，上面写着:优质老鼠毒药，每盒都有优待券;买三盒者白送开罐头刀一把。

"字写得多好啊!"猫小姐称赞道。

"这没什么了不起。要是用打字机，会比我写得更好。"

"您真是天才中的天才。我将把您的情况告诉我妈妈。您知道她总是想听我讲您的情况吗?"

猫先生没说什么。

但猫先生最终必然会知道猫小姐的妈妈对他是感兴趣的。

因为，事实上，猫先生和猫小姐终于结婚了。开始，他们生活得幸福美满，但后来就争吵不休，还经常打架，抓破鼻子，用毒药盒打对方，挥舞开罐头的刀，互相追赶着，威胁着。老鼠呢? 他们以目睹这些精彩的表演为乐趣。有一只老鼠在猫先生的店铺旁打了个洞，亲戚朋友、熟人都不断来拜访，实际上是来欣赏猫先生一家的吵骂的。

这只聪明的老鼠让每个来访者交十个里拉的观赏费。大家虽然嫌十里拉太多，但是来访者有增无减，观赏费也照付不误。

最后，这只老鼠成了富翁，并且改名换姓，大家都叫他男爵大人了。

（王勇　译）

天鹅智斗狐狸

〔意大利〕卡尔维诺

很久很久以前，有一群天鹅，成群结队地从内地向海边飞去，要到那儿去生蛋。

遥远的路程才飞到一半，其中一只天鹅飞不动了。她不得不收起翅膀停下来说："姐妹们，我马上就要生蛋了，看来是飞不到海边啦。我们只好在这里分手吧！"

天鹅姐妹们不忍心她独自一个留下，对她说："你就忍耐一下吧！不用飞多久就会到海边了。你可别离开我们呀！"

那只将要做妈妈的天鹅，实在忍耐不住了。姐妹们也没有什么办法，只得依依不舍地同她拥抱告别："多加保重！再见！"便继续赶路了。

那只天鹅进到树林里，拾来一堆干树叶，在一棵老橡树的根部筑起了个窝，蹲在窝里很快就生下第一个蛋，当了妈妈。生完蛋后，天鹅妈妈就出去寻找青草和泉水，准备吃晚饭。

夕阳西下，晚霞中天鹅妈妈回到自己的窝里。她一看，蛋不见了，心里难过极了。为了避免再丢失蛋，第二天她不敢在橡树根的窝里生蛋了，而是飞到橡树上，在树枝丫杈生下第二个蛋。她欢欢喜喜地从树枝丫杈飞下来，像头一天那样去寻找吃的东西。谁知道，她回来时再来看，第二个蛋又不知道到什么地方去了。天鹅妈妈心里琢磨："树林里一定有狐狸，准是狐狸把我生的蛋偷去吃了。"

于是，她就去附近的一个村庄，请铁匠造一间铁皮房子。她敲开铁匠的门说："铁匠师傅，您能不能给我造一间铁皮房子呢？"

"能，但是，你要给我生两百个蛋才行哪！"

"好吧，您拿个篮子来。您在那边造铁皮房子，我就在篮子里生蛋。"

天鹅妈妈坐进篮子里，铁匠开始造房子。铁匠打一锤，天鹅妈妈就生一个蛋。铁匠打完两百锤，天鹅妈妈就生了两百个蛋。她跳出篮子说："铁匠师傅，呐，您所要的两百个蛋都在这篮子里。"

"谢谢！天鹅妈妈，你的铁皮房子也造好啦！"

天鹅妈妈连忙道谢。她扛着铁皮房子，回到树林里，把铁皮房子安放在草地上。她自言自语地说："这个地方挺好，有嫩嫩的青草，不愁吃，还有一条清清的小溪，可以在水里游泳。我的小天鹅出世后，也一定会喜欢这个好地方的。"天鹅妈妈高高兴兴地住进铁皮房子，把门关严，安心生起蛋来。

狐狸尝了甜头，又到大橡树周围来找天鹅蛋，树上树下四处搜寻，连个蛋影子也没找着。它不甘心，把整个树林都找遍了，最后终于发现，那片草地上有一间铁皮房子。它寻思起来："这铁皮房子是谁住的呢？看来，天鹅妈妈准是住在这里。"狐狸便使劲敲门。

"是谁呀？"

"是我，狐狸。"

"我不能去开门，我正在孵蛋呐！"

"天鹅妈妈，你快点开门吧！"

"不，不开！你会吃我的。"

"没有的事儿，我不会吃你。还是快开门吧！如果你不快来开门，哼，等着瞧！"

狐狸气势汹汹地跳上房子顶，东踢西蹦，弄出乒乒乓乓的响声，然而铁皮房子坚不可破，连一条裂缝也找不到。狐狸气得龇牙咧嘴，无可奈何地跳下铁皮房子，夹着尾巴溜走了。天鹅妈妈看见狐狸那垂头丧气的模样，不免哈哈大笑一场。

有好几天都不见狐狸到草地这一带地方来了。但是，天鹅妈妈依然不敢随便走出铁皮房子。她孵的蛋壳渐渐裂开了口子，里面钻出了毛茸茸的小天鹅。

有一天天鹅妈妈又听见敲门声。

"是谁呀？"

"是我，狐狸。"

"你来干什么？"

"我来告诉你，明天是集市日。我同你一起去赶集，好不好？"

"好。那你什么时候来叫我呢?"

"无论什么时候都可以。"

"那就九点钟来叫我吧。太早了我走不开,我得要照顾孩子。"

狐狸装着有礼貌地向天鹅妈妈告别,得意扬扬地舔着嘴唇。它盼望着明天那顿丰盛的美餐快点到来,它打算三口两口就把天鹅妈妈和小天鹅全都吞进肚子里。

天鹅妈妈第二天早早就起床,给孩子们喂完早餐,嘱咐孩子们无论谁敲门都不要开,并跟孩子们一一接吻道别。然后,她就自己一个人去赶集了。

刚刚八点钟,狐狸就急匆匆地来敲门。

"妈妈不在家。"小天鹅齐声回答。

"快给我开门!"狐狸气势汹汹地说。

"妈妈嘱咐我们,谁来都不开门。"

狐狸心里想:"等一会儿我再来吃掉你们。"它大声问:"天鹅妈妈什么时候走的?"

"清早就出门啦!"

狐狸不再同小天鹅啰唆,赶紧去追天鹅妈妈。可怜的天鹅妈妈买好了东西,正要回家,突然发现狐狸伸出长长的舌头,朝自己这个方向跑来。"哎呀!躲藏到什么地方去呢?"天鹅妈妈在想办法。她手里提着从集市上买来的砂锅,一见这砂锅一下子就想出了藏身妙计:她揭开砂锅盖子,把盖子翻过来搁在地面,自己蹲在盖子上,然后再把砂锅反扣过来,罩住整个身子。

　　狐狸在反扣着的砂锅面前停下来。"噎，这是什么东西？莫不是个奇特的神坛？那就让我在这儿做一次祷告吧！愿上帝保佑，让我捉住天鹅，能够饱饱地吃一顿。"狐狸双膝一屈，噗的一声跪到地上，又是跪又是拜地祷告一番，再献上一枚金币，然后重新上路了。

　　天鹅妈妈等狐狸走远了，才小心翼翼地从砂锅里钻出来，拾起金币，提起砂锅，跑回家里。一到家，她就紧紧搂住自己的孩子们，别提有多高兴了。

　　狐狸来到集市上，东找西寻，店铺、柜台、货摊全都找遍了，连天鹅妈妈的踪影也没见。"奇怪，真奇怪！路上没有碰见她，她能到什么地方去呢？"狐狸再一次在集市上进行搜索。集市到了散市的时候，赶集的人纷纷离去，店铺关门了，货摊收摊了，可是狐狸仍然没有找见天鹅妈妈。"唉，这次我真倒霉，我上当了！"狐狸耷拉着脑袋直叹气。

　　狐狸一整天没有吃东西，饿得头昏眼花。它再一次来到铁皮房子门前，嘭嘭嘭地敲门。

　　"是谁呀？"天鹅妈妈的声音。

　　"是我，狐狸。今天早上你为什么不等我就一个人走了？"

　　"我怕晚了天气太热。另外，我估计在路上准能碰见你。"

　　"你走哪条路回家？"

　　"不就是只有那么一条路么！"

　　"那我怎么没有碰见你呢？"

　　"我可是看见你啦！嘻嘻，你以为是奇特的神坛的那个砂锅，里面就坐着我呀!"

狐狸气得要命,只能叫:"快给我开门!"

"不开!你想来吃我,美的你!"

"我明白告诉你,天鹅妈妈,如果你再不开门,哼,你可要倒霉!"

狐狸乒乒乓乓乱踢一通,怎么也进不了门,而铁皮房子仍然牢牢实实。

狐狸气得一连几天都没出来。一天早上,它又来敲门。

"是谁呀?"

"是我,狐狸。快开门吧!"

"不行啊,我正忙得不可开交哩!"

"告诉你,星期六又是集市日。我同你一起去赶集好吗?"

"好哇!到时候你来叫我吧。"

"那你就告诉我来叫你的准确时间,免得像上次那样,你自己提前走了。"

"那就七点钟吧,再早了来不及吃早餐。"

"就这么定了。"狐狸装着彬彬有礼地与天鹅妈妈告别。

星期六清早,天还未怎么亮,天鹅妈妈就起床,给孩子们一个个梳洗好,准备了孩子们的早餐,嘱咐孩子们无论谁敲门都不要开。然后,她才出门上路。

刚刚六点钟,狐狸就来敲门。小天鹅们仍像上次一样不开门,说天鹅妈妈已经出门了。狐狸马上去追赶。

　　天鹅妈妈正在一家西瓜摊挑选西瓜，忽然看见狐狸急匆匆地朝集市走来。她已经来不及逃走了。怎么办呢？她急中生智，看见身旁有个特别大的西瓜，就在瓜皮上啄开个口子，一下子就钻进去躲藏起来，狐狸在集市上找来找去，都不见天鹅妈妈。"大概她还没有来吧。"狐狸自言自语。它转悠了半天，觉得口渴，就走到西瓜摊，想选一个最甜的西瓜解渴。挑选了几个都不满意，后来发现了那个特别大的西瓜，便张开嘴巴，咬了一口。躲藏在西瓜里面的天鹅妈妈，看见瓜皮又开了个口子，便伸出嘴也咬了一口。

　　"哎呀，哎呀！这是什么西瓜！"狐狸一气之下，用脚朝西瓜猛力踢去。西瓜沿着石阶往下滚，滚到很远的地方，与一块石头相撞，这一撞把西瓜给撞成了好几瓣。天鹅妈妈赶紧从地上爬起来，朝家跑去。

　　狐狸在集市上转悠到天空出现了晚霞，也不见天鹅妈妈的影子。于是，它又跑去敲铁皮房子的门："天鹅妈妈，你为什么不去赶集呢？你说话算数不算数呀？"

　　"我去赶集啦，就躲藏在那个特别大的西瓜里面哩！"

　　"啊，我又一次上当啦！快给我开门！"

　　"不，不开！你想来吃我，美的你！"

　　"你真的不开？哼！"

　　狐狸又是乒乒乓乓乱踢一通，然而铁皮房子照旧坚不可破。

　　狐狸贼心不死，过了几天又来敲门："天鹅妈妈，我们和好吧，过去的事就拉倒。我们高高兴兴地搞一次聚餐怎么样？"

"聚餐可以，不过，我这儿没有你所喜欢吃的东西。"

"不要紧，吃的东西由我来准备，你只管煮饭和准备餐具就行啦。"

狐狸东奔西颠地张罗食品，忙得不亦乐乎，一会儿叼来几节香肠，一会儿衔来几块奶酪，过一会儿又抓来几只母鸡。这些可口的食物，都是到各处偷来的，把铁皮房子给堆满了。

聚餐的日子到了。狐狸在此之前两天就有意不吃东西，以便空出肠胃大吃一顿。当然，那些香肠和奶酪对它并没有多少诱惑力，而那鲜美可口的天鹅肉才是它日夜盼望的。狐狸乐滋滋地来到铁皮房子门前，喊道："天鹅妈妈，准备好了吗?"

"都准备好啦，你进来吧。不过，门给桌子堵住了，桌子上摆满了菜，又不好移动，开不了门，不如你从窗户钻进来方便。"

"不要紧，哪儿进都一样，从窗户钻就从窗户钻。"

"我从窗口扔下去一根绳子，那上面有个结。你把结套住你的脖子，这样就能把你拉上来。"

狐狸想吃天鹅肉忒心切，根本没有考虑会有什么危险，就把绳结套到自己脖子上。天鹅妈妈马上就往上拉，越拉绳结越紧，脖子被勒得紧紧的。狐狸只得四脚乱踢蹬，连叫喊都不能叫喊，不久就被活活勒死啦！只见它那贼眼珠鼓出来，嘴巴张着，舌头伸得长长的，难看极了。天鹅妈妈怕狐狸会垂死挣扎，突然一放绳子，让狐狸猛地摔下地，结果把它摔得粉身碎骨。

"出去玩吧，孩子们，"天鹅妈妈打开门，"出去吃吃新鲜的青草，到小溪去游泳吧！"小天鹅们一个个扑打着翅膀，飞的飞，跳的跳，欢天喜地来到草地上。

有一天，天鹅妈妈忽然听见一阵阵熟悉的叫声和翅膀飞动的声音。姐妹们从海边飞回故乡的季节到了。"一定是姐妹们！"天鹅妈妈走出铁皮房子，朝天空看去。果然不错，就是她们。她们身边还有许多天真可爱的小天鹅。姐妹们久别重逢，又是亲又是抱，高兴得热泪盈眶。天鹅妈妈讲述了智斗狐狸的整个经过，姐妹们也想住到铁皮房子里。于是，她们去找铁匠师傅，为她们各造了一间铁皮房子。后来，树林中的那片草地，就成了天鹅之乡，天鹅们都住在铁皮房子里，不再遭受狐狸的骚扰侵犯了。

（袁芒　译）

山羊科兹玛的故事

〔苏联〕约瑟夫维奇

在一个村子里住着一个懒老头儿。

他没有别的牲畜，只有一只山羊和一只绵羊。

老头儿夏天懒得打草，如今冬天到了，山羊和绵羊就没有吃的。

山羊和绵羊成天价在院子里咩咩地嗥叫：

"主人，给我们点吃的吧！"

懒老头儿大发了脾气，抓起鞭子恶狠狠地追打山羊和绵羊。

"瞧我给你草！瞧我给你料！"

"没法子，"过后，山羊说，"咱们必须得逃到森林里去，找一垛干草，咱们就在那里生活。"

"咱们就逃走吗，科兹玛大哥，"绵羊说，"再差也比这里好。"

它们就这么商量好了。山羊进里屋拿上了主人上好了子弹的猎枪，绵羊到外室拿了条空口袋。

它们就这样上了路。山羊拿着枪，绵羊拖着口袋。

蓦然间，看到路上扔着一个狼脑袋。

"绵羊老弟，"科兹玛指了指说，"去，把这个狼头捡起来，装到口袋里。"，

"我们要个狼头有什么用，科兹玛大哥，"绵羊说，"背着它死沉死沉的。"

"还是带上，绵羊老弟。到了目的地，咱们拿它熬肉冻。"

"咱们要肉冻有什么用？"绵羊嘟嘟哝哝，"给咱们来一捆干草还差不多。"

说归说，它毕竟还是听了山羊的话，把狼头抱起来，装进了口袋。它们又继续赶路。走啊，走啊，蓦一看，已经进了森林。

"好冷啊，科兹玛大哥，"绵羊说，"我的尾巴都要冻僵了。"

"你瞧，那边有火。走，咱们到火堆那边暖和暖和去。"

说罢，它们直奔有火的地方走去。

一看，原来是一群狼。它们正围着一堆篝火在取暖。

一共七只，七个狼兄狼弟，七个坏东西。

"好家伙，科兹玛大哥，"绵羊悄声地说，"这下咱们可玩儿完了！"

"别怕，绵羊老弟：我怎么说，你就怎么做。"

说罢，山羊当即朝狼群走去。

"你们好啊，伙计们！"

"您好，科兹玛先生，"狼群很谦恭地答道。

"你们坐在这里干什么?"山羊说,"冻坏了是不是啊?"

"暖和暖和……"

"是这样,"山羊说,"当然罗,是挺冷的……绵羊老弟,你口袋里的东西呢? 拿过来咱们得熬点肉冻。防寒要紧——这东西饿着肚子吃了就冻不死。咱们闲话少说,把它掏出来吧!"

一群狼都盯着山羊和绵羊,心想:"这下,一顿晚餐是有了!"

"挪开一点!"山羊冲狼老大说,"别一个人占这么大地方。让我暖和暖和,烤烤我这双老蹄子……喂,绵羊老弟,你干吗愣着,快从口袋里把狼头拿出来。不过要留神,好好挑选一下,找一只老的,老狼头熬冻才凝得瓷实。"

绵羊从口袋里把狼头掏出来,抱给山羊。

"你看,这个怎么样,"它说着,咳嗽了几声,"我不知道行不行,科兹玛大哥?"

"不是这个,"山羊说,"口袋里还有另外一个,就是龇牙咧嘴的那一个! 把那个拿来!"

绵羊在口袋里翻腾起来。翻来翻去,重又把那个狼头掏了出来。

"嗳,老弟,"山羊叹了一口气说,"你可真是只绵羊。还不是这个。你再好好看看,是放在最底下的那一只。我要的是那一个。"

"天晓得,"绵羊说,"这里,各种各样的狼头砍来这么多,我给你找找看!"

说着,它又翻弄了一阵子,再次又把那个狼头拿出来。

"对，"山羊说，"就是它，就是它！好极了！哈一哈，太棒了！这样的狼头熬冻再好不过了！现在咱们就熬！"

"怎么样，伙计们？"它对狼群说，"你们有没有个锅，或者铁桶什么的，不漏就行。"

狼群吓坏了。

"天哪！"它们想，"太可怕了！砍了整整一口袋狼头！咱们还是快逃命吧！"

"有，我们有一个小桶，科兹玛先生，"狼老大说，"就在那边……藏在山杨丛里，埋在烂李子树下边。稍等一下，我们这就去拿来！喂，米奇卡，瓦维尔卡！还不快跑去拿桶去！萨尔卡，阿尔卡什卡！还不快去打水去！米什卡，尼基什卡，还不快去捡柴去！我也去照看着你们！"

狼一听，都跳起来，撒腿跑了。跑啊，跑啊，跑得气喘吁吁，眼睛瞪得溜圆，一下同棕熊撞了个对面，熊问：

"你们哪里去？又在撒野还是怎么？鬼晓得你们这是往哪里跑？"

"唉，米哈尔·瓦内奇，不好啦！我们那里来了一只山羊……就是那个科兹玛……跟它一起的还有一只绵羊。它们带来了一口袋狼头。我们都吓坏了……现在我们正逃命。"

"唉，你们到底是些傻瓜，"熊说，"让一只山羊吓成这样！连绵羊也怕！快给我回去，该有晚饭吃了！"

山羊看到狼又回来了，而且跟棕熊米哈尔·瓦内奇一起，它对绵羊说："老弟，赶紧爬到这颗橡树上去，尽量爬高一点！我随后也爬上去。枪在哪儿?"

绵羊往橡树上爬,但没爬多高,两条腿就别在了下边一个树杈上,悬在了那里。山羊灵巧地跳了过去,蹦到了比较高的树杈上。

"山羊在哪儿?"熊问,"绵羊呢?"

"不知道,米哈尔老爹,刚才还在这里来着!"

"是这样……"熊说,"得测算一下。有个老婆子教会了我算卦,得用橡子算,伙计们,来,捡几个橡子来,我来算算,看山羊在哪里,绵羊在哪里。橡子不说假话。它指示在哪里,就在哪里。

狼都朝悬着山羊和绵羊的那棵树走去。

"科兹玛大哥,"绵羊悄声说,"我要掉下去,天哪,要掉下去了!实在挺不住了,蹄子真疼啊!"

"那就掉下去好啦,"山羊悄声说,"看着狼群一走近,你就掉下去,不过要对准了往下跌。照准它们中的哪一个的脑袋跌下去!"

说话的工夫,狼群已经来到了橡树跟前。狼老大说:"怎么看不到橡子……,那儿悬挂着一个什么东西?"这时,绵羊咕咚一声跌了下去,不偏不歪,正好砸在狼老大的头上。这时,山羊在树上调整了一下身体的姿势,扳起枪机,憋足力气开了一枪。

"把熊逮住,绵羊老弟!"山羊大喊一声,"狼就算了,不理它们!咱们要弄到一只棕熊可太好啦。这东西熬冻再好不过啦。"

这时,狼早就吓得四处逃跑了,而老熊米哈尔·瓦内奇也吓傻了,子弹就是从它耳边呼啸而过的。

米哈尔·瓦内奇蒙头转向,一脑门撞在了山羊所在的橡树上。

山羊咕咚一声跌下来，而且正中目标，直接砸在了熊身上。

"哎哟，不得了！"熊大叫一声，就往森林里跑了。

山羊和绵羊回到篝火旁，熬起了狼头冻，它们决心永远也不再回到懒老头那里去了。

"咱们要那个懒老头有什么用？"绵羊说，"让他见鬼去吧！"

"说得对，"科兹玛说，"咱们在森林里搭一间小木房，自己生活嘛。"

于是，它们就在森林里建了一个木房，在那里生活了整整一百零三年。狼都替它们跑腿当差，夏天帮它们割草，然后帮它们晾晒好，一垛垛地垛起来，准备它们过冬用。

（程文　译）

无家可归的狗

[苏联] 谢·沃洛宁

　　用鼻子把门拱开以后，它满不在乎地摇着尾巴走了进来，既不看我，也不理睬我的老伴，只是瞧了瞧我那六岁的小孙子。

　　"好哇，"它说，"你们可教育出来一个好孩子。他用石头打过路的狗，这算干吗呀？"

　　"我是闹着玩，"小孙子立刻辩解道。

　　"真好玩，欺侮一只毫无过失的狗。直到现在我的肩膀还疼哩！"

　　它在屋子里到处走了走，把犄角旮旯嗅了嗅。它样子显得很疲惫，毫无恶意，不过，那双善良的大眼睛里却充满无限委屈和痛苦的神情。

　　"我真不明白，这些人是怎么回事，"它接着说，"一只狗在路上走，也没招惹谁，有人却冲它扔石头。它可是人类的朋友啊！怎么，就因为它没有家？"它沉默了一会儿，瞧了瞧我，又说："我的主人死了。就剩下了我自己。人们把屋子封了，也不管我。我在屋子旁边守了整整三天，实在饿得受不了才离开。我想跑出来找点吃的，可他却朝我扔石头……"

我让老伴给这只狗弄点汤来，然后对小孙子说："你怎么不害臊……"

"我怕它会咬我。"

"刚才你说是闹着玩，现在又说是怕它咬。到底哪是真话？"

"可不是吗，这么一点点大就学会说谎，将来长大了会变成什么样的人……我要是一只莱卡狗或是品捷狗的话，我很快就能找到新主人，可我不过是一只普通的看家狗。但是，难道就因为这一点，就要冲我扔石头吗？"

老伴端来一大盘汤，里面还撒着一些面包渣。狗吃了起来。开始吃得还很斯文，但愈吃愈馋，最后简直是狼吞虎咽了。也难怪，三天没吃东西了嘛。吃完以后，它把盘子舔得干干净净。

"谢谢！"它说着。然后，想了想，瞧着我说："我还不算老，如果您乐意，我愿意给你们看家。我不爱满处乱跑乱叫，只要吃点剩饭就行了。怎么样？"

"把它留下吧，你说呢？"我对老伴说。

"它身上有跳蚤吗？"老伴问。

"没有，"看家狗抢着回答说。"我连痒痒也不挠。"

"让它留下吧，"小孙子请求道，"我不会欺侮它的。"

"好吧，到院子里去，你在干草棚旁边睡，"老伴说，"对了，你叫什么名字呢?"

"我叫沙里克。"狗笑了,温驯地摇了摇尾巴。

"好,沙里克,去吧。"

"是,"沙里克应声说,接着便拱开门出去了。

它在院子里碰见了公鸡,这位老兄正愁眉苦脸地在垃圾堆里找食。

"这是哪位光临啦?"公鸡不满意地问。

"您好!"沙里克说。

"您来干吗呀?"

"来看家护院。"

"没有任何看家护院的,咱们也平平安安过来了!"

"您这是误解了,"沙里克心平气和地说,"我不会打扰您的。相反,从现在起您可以放心大胆地睡觉了,既不必担心贼,也不必担心黄鼠狼……"

"真可笑,好像我们从来没有放心大胆地睡过觉似的。不,我实在不明白,您跑到我们院子里来究竟要干吗?"

"我已经说过了,来看家护院,看守这儿的一切,包括您这只公鸡,还有母鸡和小鸡。"

"没有您,母鸡妈妈也把小鸡看守得很好。不信你可以去试试,您要敢走近它们,会有您好受的。至于我和其他的母鸡,任何看守都意味着要剥夺我的个人自由。"

"好吧,那就走着瞧吧!"沙里克不愿同它争吵,说罢就趴在那儿晒太阳。

饱饱地吃过饭之后，趴在太阳下打个盹儿真舒服。朦胧中，它听见从畜栏里传来母牛的哞叫声。"啊，原来他们还有头母牛，"沙里克想，"没什么，这挺好。"于是它想起了自己在老主人家过得愉快生活。老主人家有匹浅黄色的马叫布兰卡，是主人用来送面包的，从烤房里往商店送。沙里克常和这匹马聊天。这是一匹非常和善的马。尽管单调的工作把它的脑子弄得有点迟钝了，但当个说话的伴儿还是合适的。当然，同布廖恩卡聊天要有趣得多。这是一头聪明的母牛，虽然它确实缺乏点独立见解。这也难怪，它生活在牛群里嘛。它的想法大都是别的母牛的，而它却当成是自己的了。不过，这种情况即使在人群中也是常见的。不管怎样吧，同它聊天仍然蛮有意思。而骟猪亚什卡则不然了，同它简直无话可谈。它光知道吃，一天到晚吧嗒吧嗒地没个完，哪晓得吃得愈多，长得愈肥，就会被杀掉得愈早。

从畜栏里传来一阵低低的打饱嗝的声音。"噢——原来新主人这儿也喂了骟猪。没什么，可以去认识认识。也许它不像亚什卡那样蠢。"于是沙里克往畜栏走去，很有礼貌地先同那头母牛打了个招呼。

"你好，你好！"母牛一边倒嚼着，一边回答道。

"你们这儿怎么光线不大好，"沙里克瞧着圆木墙上的一扇小小的窗户说。

"这样冬天暖和些。"母牛回答。"我们要光线有什么用？"骟猪立刻插嘴说。"没有光线更舒服。不会吃到鼻孔里去的!""可不管怎么样,黑咕隆咚地怎么生活呢?""没关系。咱照样生活,无忧无虑。不信你问母牛,半年来我长了多少。当初又瘦又小,像主人说的那样,一个小不点儿,可现在你瞧,多大个儿!男主人和女主人加在一起也没有我重。"

"我要是你,才不会这么高兴呢。莫非你不知道,长到一定重量的时候,主人会把你怎么样吗?"

"怎么样?"

"会把你宰了吃肉。"

"胡扯。难道他们是傻瓜么,那样精心地喂我,可最后把我弄死?他们管我叫美人儿哩!可惜你没瞧见女主人怎样用最好吃的娇惯我,男主人怎样给我挠痒痒。如果他们要杀我,就不会这样爱我了。"

"得了,"母牛小声对沙里克说,"何必让它难过呢。"

"它不相信我的话。贪吃的人总是短命,没办法。让上帝保佑它吧!您呢,过得怎么样?"

"最近奶少了,女主人不满意。"

"为什么会这样?"

"饲料不容易弄到。青草不让割,干草么,你也知道,买起来不合算。许多养牛的都不愿意再养了。商店里奶酪呀,酸奶油呀,奶渣呀,要多少有多少。女主人何必再找这份儿麻烦呢?要知道,养奶牛可费事啦:又是挤奶,又是喂料,又是换垫草,又是收拾牛栏。

夏天天一亮还得赶出去放牧。事情没完没了……"

"是呀"，沙里克若有所思地说，"您没有小牛犊吗？"

"去年有一头，卖给国有农场了。今年这一头也……"

"明白了……好啦，祝您一切顺遂。安心歇着吧，现在有我在院子里给你们当守卫。"

"好极啦，"母牛说，"这样会愉快一些。请常来玩。"

"谢谢，一定来。"

接着，沙里克便去把整个院子巡视了一遍，各个角落都嗅了嗅，撒上尿，以便让其他的狗知道：这是它沙里克的领地。然后便趴下来，一会儿看看那带着一群鸡雏的母鸡，一会儿瞧瞧那傲慢的公鸡，公鸡不愿沙里克插手，亲自保护着它的鸡群。

可是，沙里克在院子里没趴多久，主人的小孙子就跑来了。他用手抚摸它，要带它出去散散步。

"不，不行，我的职责是趴在这儿。"沙里克很礼貌地谢绝了。

"咱们不过就是去街上玩玩。"

"不，我得待在这儿。"

小孙子走了，可是不一会儿却领来了一群孩子，并把沙里克指给他们看。

"嗨"，孩子们立刻叫嚷起来。"这算什么狗呀？"

"我那条是狼狗。"

"我那条是斗狗。"

"这种狗我们认识！这是条普通的看家狗！这算得上什么狗呀！"

沙里克趴在那儿，贴紧耳朵。它明白，这时应当忍耐。这些淘气的孩子不会在这儿折腾多久的。等他们腻了，就会离开。果然如此，不久他们就走了。

从此，开始了非常平静的生活。沙里克忠实地履行着自己的职责。虽然院子里并没有多大变化，但毕竟有秩序一些了。有了个门卫嘛。

就这样过了一个夏天。沙里克从不离开院子。

快到八月底的时候，小孙子走了。离开的前夕他来到沙里克跟前，抚摸抚摸它，并从菜汤里挑出一块肉扔给它，对它说，他要上爸爸妈妈那儿去了。

"我得上学，沙里克……得去上学。明年夏天再见吧！"

不久，树木开始落叶了。天渐渐变凉了。有一次，从畜栏里传来一阵尖厉而短促的叫声。沙里克知道这叫声意味着什么。于是它坐在那儿，把头低了下来。新年前，母牛也离去了。

"别啦！"它对沙里克说。

沙里克把它送到大门口。

"祝你一切顺遂！"它衷心地祝福道。

接着，公鸡也突然不见了。母鸡们对此无动于衷，但沙里克对此却很不习惯。因为听不见公鸡的啼叫，院子里立刻显得冷清了。又过了些天，母鸡也一个接一个地不知到哪儿去了。

院子里就剩沙里克自己了。它照样有吃有喝，不受欺侮，但不知怎么，它总感到不自在。于是，有一天它把厨房门拱开一个缝，问道："可以进来吗?"

"来，来，进来吧，"我说。

沙里克走了进来，犹豫了一下，抱歉地说：

"您别生气，我不得不离开您了。"

"这是为什么?"我很吃惊。

"我在您这儿没有什么事可干了……"

"嗨，这有什么要紧。城里有许多狗，也是什么事也不做，可照样给它们吃，还带它们去散步，给它们洗呀，刷呀。你也待着吧。"

"不，不行……我不能这样。我不习惯白吃饭。不能这样生活。所以，还是再见吧!"

沙里克说完走了出去，并用鼻子把门掩上，免得冷风钻进屋子。

外面刮着风，冷极了。

（裴家勤　译）

早晨，贡赛克没从屋里出来

〔捷克〕艾多阿尔德·毕齐什卡

　　眼下正是收割季节。一大早，爸爸和妈妈就下地干活儿去了。太阳已经升得老高老高，可贡赛克还没有在院子里露面。狗满院子跑来跑去。它不时瞅瞅男孩儿的门，可是总不见贡赛克出来。于是，狗对公鸡说：

　　"糟了，公鸡，贡赛克病了。自从我看守这房子和院落以来，贡赛克只有咳嗽和感冒的日子才不出屋来。"

　　公鸡最爱传播消息。它要把这个消息赶快告诉院落里的伙伴们，它大叫道：

　　"喔——喔——喔！贡赛克病啦！"

　　母鸡们心里一难受，就"咯哒咯哒"地叫起来，鹅们心里一难受，就嘎嘎地叫开了，山羊也心疼地咩咩叫着。所有的家畜都想知道贡赛克究竟是怎么回事儿。但是谁也不知道贡赛克得的是什么病。

"好吃的麦粒儿对他的病总不会没有好处的，"一只老母鸡说，"贡赛克对我们可好了，他天天给我们的食槽里洒一碗清水，并且，从来也不像有些淘气男孩那样把我们赶进池塘里。我要给他送一粒最好吃的麦粒去。让他快快恢复健康。"

"对极了，对极了，"母鸡们"咯哒咯哒"地叫着，"咱们应当送最好吃的东西给他，帮助咱们的贡赛克恢复健康！"

说完，母鸡们在院子里四处团团转着，要找到一样最好吃的东西。一只母鸡找到一粒燕麦，另一只母鸡找到一条蚯蚓，第三只母鸡找到一只甲虫，它们都等着有人来给它们把门儿开开。

狗看着母鸡们都要为贡赛克恢复健康出力，它心里也琢磨开了："说实在话，贡赛克常常跟我闹着玩儿，给我面包吃，从来不像有的男孩那样把我打得汪汪叫。我也应当给他送点什么去才好。"

公鸡看着大伙儿都给贡赛克送慰问品，它思来想去琢磨了好久，也拿定了一个主意："我不能像这些糊涂虫一样，给贡赛克送那样的慰问品。我不送就不送，要送就送样新鲜玩意儿，谁也不曾想到的玩意儿！"

正在它这么思忖着的一瞬间，一根彩色的羽毛从它的尾巴上脱落了下来。公鸡即刻叼在嘴里，郑重地送到房门口。

"贡赛克从来不从我的尾巴上拔毛，从来不像别的淘气男孩那样恶作剧。"鸡寻思着。"让他留个美丽的纪念吧。他瞧着我的尾羽，病很快就会好了。"

山羊看着阔步走去的公鸡，不禁笑得白胡子都抖动起来。

"你倒是给贡赛克送去一件好玩具！可难道你不知道，病人首先需要的是吃点儿可口的东西。"它咩咩地说，"好啦，你瞧我的，我给贡赛克送一篮子三叶草去。我亲自试过，一吃三叶草，病准好。贡赛克自己也天天拔这种草来给我吃。今天，我要送点三叶草请他吃。为什么你不给贡赛克送些三叶草呢?"

但是公鸡不理睬它。

"这里发生了什么事?"猫突然喵喵地说着，从围墙上跳下来。

"贡赛克病了，"大伙争先恐后地对猫说，"他平常对我们都很好的。我们给他送些慰问品去，希望他快快恢复健康。"

"那我也得给他送点什么去，"猫喵喵地说。"他每天每日都给我牛奶喝，又从来不揪我的尾巴。送点什么给他才好呢？老鼠——这是头等慰问品了。可老鼠都是贡赛克的妈妈从屋子里给撵出来的。对了，我已经想出我该怎么做了……门一开开，我就吱溜一下钻到贡赛克的被窝里去，我给他烘得浑身暖洋洋的。这样，病人就热乎乎的了。"

猫这么想着，就蹲在门口，等着人来开门。

只有鹅们还在为送慰问品的事争辩不休。它们怎么也达不成协议。

"咱们不好给他唱支嘎嘎歌儿吗?"一只老鹅说。

"绝妙的想法!"鹅们都乐开了。"等门一开开，咱们就走上台阶，唱支最欢乐的鹅歌。"

"可不是，你们等着吧，贡赛克听了鹅歌一定会高兴得不得了!"

一只麻雀讽刺它们说。

"姐妹们，别理它。"一只老鹅满腔恼怒，"它妒忌咱们的嗓子，它不能像咱们这样唱得雄壮漂亮。"

正当大伙一个挨一个站到门口时，公鸡飞上了窗台，亮开嗓门一声高叫：

"喔——喔——喔！开门哟！"

接着，它用嘴"笃、笃"敲了敲窗户玻璃。

这么一来，门儿大开了，门槛上出现了睡得迷迷糊糊的贡赛克。

"你根本没生病呀？"狗惊异地问。

贡赛克的脸儿涨红了。他在不知不觉中，睡过了起床时间，所以没有出来。他为自己起晚了而感到很不好意思，不过，大伙儿这样爱护他，他心里真是太高兴了。于是，他就动手给狗舀来一大碗清水，给猫拿来了牛奶，给鸡撒了一把麦粒……

（苇苇　译）

阿丝卡和狼

〔南斯拉夫〕伊·安得里奇

　　这个故事发生在里瓦塔牧场上羊的世界里。有一次，老绵羊阿雅生了第一个小羊羔，给她起了个美丽的名字，叫作阿丝卡。她是个独生女，全身长着软绵绵的细毛，只有拳头那么大，一生下来，就咩咩地叫唤。

　　最初，阿丝卡总是跟在妈妈后边走路，后来，她开始蹦蹦跳跳，能独自在草地里吃起草来的时候，便得意忘形了。她喜欢到自己选择的道路上玩，要闲逛，到很远很远的地方寻找新鲜的草地。

　　不过，妈妈对她指出，这种行为在他们这儿很危险。近来有只凶猛的恶狼，经常在这里出没，猎人对他也毫无办法。这只狼伤害、吞吃绵羊和他们的孩子，尤其威胁那种离群独逛的羊羔。阿雅很担心，经常问她的孩子跟谁混在一起。在学校里，阿丝卡学了相当多的东西，取得了非常大的进步。

　　一天，当阿丝卡以优异的成绩结束了一学年的学业的时候，来到妈妈面前，对妈妈说，她想进芭蕾舞学校。开始妈妈没有同意。妈妈说明，在她们家里，任何一个成员，除了作一只老老实实的绵羊，其他的职业，什么也没干过。妈妈说，艺术是一种没有保障的职业，它既不能保证糊口吃饭，也不能保障自身的安全。总之，艺术之路是不稳定的，艰难的，带有幻想性，其中跳舞比所有别的艺术尤为艰难。它充满幻想，甚至可以说是一种名声不佳、带有几分冒险的事业。良好家庭里的任何一只羊也不会走这条路。

　　阿丝卡的体贴入微、心地纯真的母亲就想这样说服她。不过，她了解自己的女儿。她知道她不能一直反对女儿的意愿，因此，她放弃了自己的想法。她还是让女儿考进了绵羊芭蕾舞学校，希望这样能使她那生来就养成的野性脾气多少能变得温顺一些。

　　阿雅妈妈渐渐向女儿的意志妥协了，开始用另外的眼光看待这件事。她扪心自问：从事艺术事业真是丑恶的吗？跳舞需要具备天生特有的身体条件，是一切本领中最圣洁的。

　　小阿丝卡确实表现出了跳舞的天才和毅力，取得了明显的进步。但是，她也未克服掉那种离群闲逛的怪癖和这危险的习惯。一天，终于发生了一件使阿雅一向很担心的事情。

　　阿丝卡以优秀的成绩结束了芭蕾舞学校的第一个学年，正在准备开始第二学年的学习。初秋，阳光还是那样的强烈。这一天，阿丝卡特别兴奋，新鲜的天空，水灵灵的绿草，使阿丝卡从心眼里往外高兴。她逐渐走远了，一直走到遥远的沙沙作响的树林旁边，甚至都钻进树林里边去了。阿丝卡觉得这里的草嫩。

树林里飘荡着乳白色的雾气，在太阳的照耀下，渐渐地消退。这里非常明亮，寂静。

阿丝卡闻到了那匍匐在地上的山毛榉放散出来的清香气，使人着迷、神往。

现在，当她来到这样一块林间空地时，突然迎面碰上了一只可怕的狼。这只狡诈的老狼四处乱窜，现在来到了这片狼迹罕到的地方。他那张浅绿色中又透出栗色的蜕毛的皮，正好适应秋天里山毛榉和开始枯萎的野草的颜色。

这片散发着醉人的清香，使阿丝卡神魂颠倒的美丽的地方，突然像梦中见到的一块薄薄的窗帘一样高悬起来。一只眼睛血红，拖着尾巴，似乎露出微笑，略微张开牙齿的恶狼，站在她的面前。这比妈妈讲的可怕得多。阿丝卡害怕得血都要凝固了，两条腿简直变成了两根木头。她想起来了，应该呼喊自己的亲戚朋友来，于是便张开了嘴，可是她的嗓子却发不出声音来。一种看不见的、然而却是肯定无疑的、阴森可怕的死神，正降临在她的面前。

狼在狂蹦乱跳之前，迈着慢慢腾腾的步子，把阿丝卡打量了一番。现在，他疑心重重，装出一副害怕的神态，问阿丝卡，像她这样年轻、洁白、美貌的姑娘，怎么竟能迷路。

对阿丝卡这个牺牲者来说，现在没有更多的时间，以后也不可能再有时间了。这种想法给了她力量。跳舞是她最后所能做的唯一的活动。

　　小姑娘吃力地仿佛像在做噩梦似的跳了第一个动作，这还不能算是舞蹈。接着，她又跳了第二个、第三个动作。这是一些简单、乏味的动作。就在她做这些动作的短暂的时间里，恶狼一惊，停止了攻击。后来，阿丝卡终于怀着惊恐的心情，开始一个动作接一个动作地继续往下跳。她不敢停下来，因为只要一停，死神立刻就会在这瞬息的时间里落到她的面前。她按着在学校里学舞蹈时操练动作的顺序，仿佛像听着自己老师那尖声刺耳的"——二！——二——三！"的喊声时所跳的那样，逐一地做了那些动作。

　　就这样，阿丝卡按着顺序做完了第一学年里所能学到的全部动作。现在，她兴冲冲地摆出了在操练大厅中央做的那些姿势来。她的知识和本领大概快要使尽了。她需要重复那些做过的动作。可是，她又担心重复性动作会消耗自己的体力，丧失自己的诱惑力量。时间在前进，狼仍然在观看，等待，不过他已经开始朝前移动了。在阿丝卡面前，古典芭蕾舞的全部动作无情地完结了。老师的声音变得越来越弱，最后，完全消失在某个地方了。她的知识很好地发挥了作用，然而现在它却枯竭了。可是，她还应该活下去，而为了活下去，就要跳舞才成。

　　阿丝卡超出学校教授所规定的动作，跳起她从没学过的动作来。

　　越过葱绿的林间空地，穿过狭窄的过道，在灰蒙蒙的枝干繁茂的山毛榉中间，在多年积累起来的一层层的落叶所织成的光滑的栗色的地毯上，小绵羊阿丝卡在表演着舞蹈。她洁白轻盈，体态健美，动作敏捷，宛如风儿吹来的一团白白的柳絮。她又是那样的透明晶亮，好像她走到了充满阳光的林间空地，从里向外闪烁出光芒。然而就在这时候，这只老狼，竟悄悄地跟在她的身后，目不转睛地盯着她。

这时狡猾而冷酷的狼首先露出了奇怪的神色。这种奇怪的表情越来越明显，甚而变成一种无法抑制的好奇心。他自言自语道：我应当仔细地看看这个奇怪的小东西，我不仅要吃小羊，还要看到她所表演的舞蹈。我要在表演结束前，看到全部精彩的内容后再吃她。

狼跟在小绵羊阿丝卡的身后，一边走，一边盘算着。当阿丝卡站住，拉大脚步的时候，当她加快表演速度的时候，狼也不时地跟着停下来。

阿丝卡什么也没想，从她那小小的蕴藏着纯洁的欢乐生命的汁浆，面临着不可避免的死亡的身体里，产生出不可置信的才干和跳各种花样动作的本领。她只知道一件事：只有跳舞的时候，而且跳得越来越好的时候，她才得以生存，现在是这样，将来也是这样。

这是一个奇迹！狼就像患夜游病似的走着，既不看看站在什么地方，也不想想朝什么方向走。狼诧异的神情变得越来越更加使人吃惊，似乎都要发疯了。他心里反复地盘算着："这只小绵羊的血和肉永远也喝不完吃不尽，只要我感兴趣，随便什么时候我都可以把她撕个稀巴烂，不过，我还要看看精彩的表演。"

小阿丝卡感觉自己像长命百岁的人那样强壮，她使出全部的力气来延长这只有一次的生命，其实她早已把生命推到了绝境。

当她感觉到狼已经清醒过来，意识到她是谁的时候，她更勇敢了，也跳得更快了。她穿过倒在地上的树干，做起非同一般的跳跃动作。这种动作引起了狼的微笑和惊奇。狼想尽快悄悄地靠近她，以便不放过她表演的任何一个细节。他心里一个劲儿地反复嘀咕，早也好，晚也好，反正这只小绵羊的血和肉肯定是跑不掉的了。不过，得把她的表演全部看完才能下手。

无论是狼还是阿丝卡，谁也没去计算度过了多少时间，走了多远的路程。她得到了生存的机会，而他却满意地享受了一番。

牧人们听到老绵羊阿雅咩咩的叫声，得到每个羊群都不得安宁的消息以后，便从自己的人当中选出两个年轻和勇敢的牧人，打发他们到树林里寻找失踪的小绵羊。他们一个人手里提着一根很好的木棒，另一个人肩上扛的就是一支枪，如果对黑雷管一类的东西可以称作枪的话。这可是一件具有光荣历史的老古董，听说，他父亲曾经躲在自己的羊圈里，就用这个家伙打死过一只饿狼。

他们来到树林旁边，沿着被踩过的青草地上留下的痕迹向前走去。往树林的深处走了没有多远，刚刚登到一个不算太高的坡地上，远处，一个奇怪的现象出现在他们的面前。他们站住，透过树林之间宽大的缝隙可以偷偷地看到，小绵羊阿丝卡正用一只脚尖着地，急速旋转，沿着碧绿的林间空地朝前走去，一只体态庞大的蜕了毛的狼，低着头，拖着尾巴，全神贯注地跟着她走着。

牧人们停下了脚步，刹那间，他们惊奇极了，简直像变成了木头人似的，不过，很快就明白是怎么回事了。当阿丝卡走到头排树前面的时候，突然改变了舞姿和速度。可是，这时狼还在空地里。

那个上了年岁的猎人架好枪，瞄准开火了。树林里立刻发出回响，干枯的树叶同几只受惊的鸟雀一起飞了起来。

在空地上，突然发生了这样一件事情：阿丝卡停止了舞步，犹如一只被打中的飞鸟倒在了地上，而那只狼却仿佛像一个绿色的影子似的消失在树林里了。

猎人们赶忙跑过去，在一块平坦的地面上找到了处于半昏迷状态的阿丝卡。她身上没受任何一点伤，但是却像一个死人似的躺在林中的青草上。那只狼留下了带血的脚印。

勇敢的猎人往枪膛里上好了子弹，年轻的猎人双手抱着他那根大木棒，二人就这样沿着带血的脚印向树林里走去。他们轻轻地蹑手蹑脚地朝前走着。不过，他们不需走得太远，狼的身上只有那么一点热气了，充其量也只有跑上几百步的力气。他的后半身被打伤，失去了知觉，在一个树木较多的地方，咕咚一声倒下去了。不过，他还是用前腿刨起地来。他一个劲儿地摇晃着脑袋，龇牙咧嘴，猎人们很容易地就把他打死了。

当猎人回来的时候，太阳已经爬过了半个天空。他们沿着嫩绿的牧草地，从羊群和羊圈中间走下坡来。

里瓦塔牧场欢天喜地，祝贺声响成一片，羊儿欢乐的叫声。没完没了地回响在人的耳边。

阿丝卡苏醒过来。她疲惫不堪，一动也不动地躺在草地上，她觉得身上没有哪块肌肉是不疼的。她的母亲阿雅热泪盈眶，匆匆忙忙地跑过来，与其他的绵羊、山羊一起，好像观赏一件奇迹似的聚集在阿丝卡的周围。

阿丝卡病了很长时间。有母亲良好的护理以及里瓦塔牧场全体居民无微不至的关怀，她终于战胜了疾病。阿丝卡康复了，变成了一个听话的女儿，优秀的学生。又过了一些时候，她成了里瓦塔牧场上第一名芭蕾舞演员。

人们到处讲述、颂扬，说小绵羊阿丝卡如何进行了精彩的表演，怎么样蒙骗了可怕的恶狼的事迹。然而，阿丝卡自己却从未讲过她在树林里与野兽相会、跳舞的事情。阿丝卡积累了丰富的经验，只有这时候，她才按着自己的想法，创作了一部著名的芭蕾舞剧。评论家和观众称这个剧为《战胜死亡之舞》，阿丝卡却把它称作《为了生存之舞》。

从此以后，阿丝卡生活得很幸福。她成了一位闻名世界的芭蕾舞演员，一直活到很老的时候才死去。

许多年过去了，今天，她的那部著名的反映艺术和坚强的斗争意志战胜一切邪恶以及死亡的舞剧还在上演着。

（郑恩波　译）

为什么诺亚选择了鸽子

〔美国〕辛格

　　人犯了罪，上帝决定惩罚他们，送来了洪水。所有的动物，都聚集在诺亚的方舟旁边。诺亚是一个正直的人，上帝曾经对他说，为了救他自己和他的一家，他得建造一艘方舟，水涨起来时，就能浮在水面，躲过洪水。

　　动物们听到了谣言，说诺亚只把最好的动物带上方舟。因此，各种动物都来了，互相争执，吹嘘自己的好处，贬低别人的优点。

　　狮子吼道："我是走兽中最强壮的，当然我该活命。"

　　大象号叫说："我是最大的，鼻子最长，耳朵最宽，四脚最沉。"

　　"大和沉都不重要，"狐狸嗥着，"我，狐狸，是最机灵的。"

　　"那么我呢？"毛驴鸣叫说，"我觉得我最机灵。"

　　"好像谁都挺机灵似的，"黄鼠狼吱吱地说，"我是动物中嗅觉最灵的。我的气味天下闻名。"

"你们都只能在地下爬，只有我能上树，"猴子尖声说。

"只有你?"狗熊呜呜地说,"那么你认为我怎么样?"

"我怎么样?"松鼠愤慨地唠叨。

"我和老虎是一家,"猫咕噜着说。

"我和大象是表亲,"耗子吱吱地说。

"我和狮子一样强壮,"老虎吼着说,"而且我的皮毛最美丽。"

"我的斑点比你的道道更好看,"豹反唇相讥。

"我是人的好朋友,"狗吠着。

"你不是朋友,你不过是个马屁精。"狼嗥着,"我很骄傲。我是一只狐狼,不拍任何人的马屁。"

"得啦!"羊咩咩地说。"所以你老是挨饿。什么都不给,就什么都不得。我把毛给人,人就照顾我。"

"你给人毛,我给人蜜,"蜜蜂嗡嗡地说,"另外,我还有毒,能抵御我的敌人。"

"你的毒跟我比算得了什么?"蛇嘶嘶地说,"我比你们都更靠近大地母亲。"

"不如我靠得近,"蚯蚓从地里探出头来抗议。

"我下蛋,"母鸡咯咯地说。

"我产奶,"母牛哞哞地说。

"我帮人犁地,"公牛也哞哞起来。

"我驮人,"马嘶叫,"我的眼睛比你们谁的都大。"

"你的眼睛大，可惜只有两只。我却有无数，"马虻在马耳朵边上嗞嗞地说。

"跟我比起来，你们都是侏儒，"长颈鹿在老远的地方叼着树梢上的树叶说。

"我几乎跟你一样高，"骆驼呼哧地说，"我还能不吃不喝地在沙漠里走很多天。"

"你们俩长得高，但是我长得胖，"河马哼哼地说，"而且我的嘴无疑比谁的都大。"

"别那么肯定，"鳄鱼啪啪地说，打了个哈欠。

"我能像人那样说话，"鹦鹉咯咯地说。

"你不是真的说话……你不过是模仿，"公鸡啼着说，"我只会说一句，'喔喔——喔，'这是我自己的话。"

"我用耳朵看东西；靠听觉飞行，"蝙蝠嘘嘘地说。

"我用翅膀唱歌，"蟋蟀悄悄地说。

还有很多动物要急着吹嘘。可是诺亚已经注意到栖在树枝上的鸽子，它不想说话，也不想和别的动物比较。

"你为什么沉默着？"诺亚问鸽子，"你没有什么要自夸的吗？"

"我不认为我比别的动物更聪敏，更美好或者更有吸引力，"鸽子咕咕地说，"我们每一个都具有别人所没有的东西，这都是创造我们的上帝所恩赐的。"

"鸽子说得对，"诺亚说，"没有必要自己吹嘘互相比较了。上帝命令我把各种动物都带上方舟，不论是家畜还是野兽，是禽鸟还是昆虫。"

动物们听了这些话，都乐了，忘掉了一切龃龉。

诺亚在打开方舟的舱门之前说，"我都爱你们，但是由于鸽子谦虚沉默，而你们却吹嘘、争执，所以我选择它做我的使者。"

诺亚就这样做了。等到雨停了，他派鸽子飞向世界，报告外面的情况。最后，它衔着一片橄榄叶飞回来了，于是诺亚知道洪水已退。等到大地最后干了，诺亚带着全家以及众动物出了方舟。

洪水过后，上帝允诺决不再因为人的罪过而毁灭大地，播种和收获，寒冷和炎热，夏天和冬天，白昼和黑夜的交替也决不停止。

事实是，世界上有了比老虎、豺、狼、鹰和其他猛兽猛禽更多的鸽子。鸽子幸福地生活着，从来不打架。它是和平的鸟。

（吴冀风 译）

自以为是狗的猫和自以为是猫的狗

〔美国〕辛格

从前有一个穷苦的农民叫扬·斯基巴。他与自己的妻子及三个女儿住在离村子很远的一间简陋的茅草顶的小屋里。屋子里有一张床、一条长板凳和一个炉子，但是没有镜子。一面镜子对一个穷苦农民来说可是件奢侈品。农民干吗要镜子？农民对自己的相貌并不感兴趣。

但是这个农民在自己的小屋子里养了一只狗和一只猫。狗的名字叫伯利克，猫叫柯特。它俩在同一个星期里出生。虽说这个农民没多少东西可养家糊口，他可是不让自己的猫和狗挨饿。既然这只狗从来没见过别的狗，那猫也从来没看见过别的猫，它们只看见对方，那狗就认为自己是只猫，那猫呢，也认为自己是只狗。确实，它们俩天性可大不相同。那狗汪汪叫，猫喵喵叫。狗追赶兔子，而猫悄悄地候着老鼠。难道所有的生灵都一定和自己的同类长得一模一样吗？那农民的孩子们也不都一个样啊。伯利克和柯特和睦相处，常常是吃一个盘子里的食物，而且还互相模仿着彼此的一举一动。当伯利克汪汪叫的时候，柯特也学着汪汪叫，当柯特喵喵叫的时候，伯利克也试着喵呀喵。柯特有时也追赶兔子，而伯利克也努力设法捉老鼠。

那些从村子里农民手中收购谷粒、小鸡、鸡蛋、蜂蜜、小牛和一切可以弄到手的东西的小贩们，从没到过扬·斯基巴的穷农舍。他们知道扬太穷了，拿不出什么东西卖。但是有一天，一个小贩正巧转到那儿。当他走进屋，开始把自己的货摆出来的时候，扬的妻子和女儿被那些漂亮的小玩意儿弄得眼花缭乱了。那小贩从袋子里拿出来了黄色的珠串、假珍珠、锡耳环、戒指、别针、各色手绢、袜带和其他这类的小饰物。但是最使这家女人们着迷的是一面木框小镜子。她们向小贩打听它的价钱，他说要半个古尔盾，这对穷苦的农民来说可是不少的钱啊。过了一会儿，扬·斯基巴的妻子马利安娜向小贩提了个主意。她愿意一个月付五个格罗斯来买这面镜子。那小贩犹豫了一下。这面镜子在他的麻袋里太占地方，并且还总有打破的危险；于是他决定同意，拿了马利安娜第一次付的五个格罗斯然后把镜子留给这家人。他常到这地区来，而且他知道斯基巴家的人挺诚实。他愿意慢慢地把钱收回来，另外能有利钱。

这面镜子在这间小屋里引起了一阵震动。到如今马利安娜和孩子们很少看见过自己的模样。有这面镜子之前，他们只能从门旁边的水桶里看看自己的倒影。现在他们可以清清楚楚地看见自己，于是就在脸上找出了毛病，那些毛病，以前他们可从来没注意到。马利安娜挺漂亮，但是她掉了一颗门牙，所以她觉得这使她变丑了。一个女儿发现自己的鼻子太扁太宽，第二个女儿发现自己的下巴太窄太长，第三个发现自己的脸长满了雀斑。扬·斯基巴也从镜子里瞥见了一眼自己，对他的厚嘴唇和像公羊一样向外努着的牙齿挺不高兴。

那一天，这家女人们的心思全在镜子上，都没做晚饭，没铺床，把该干的家务活儿全忘了。马利安娜听说大城市里有个牙科医生能把掉了的牙镶上，但这种事挺费钱的。姑娘们设法互相安慰说，她们够漂亮了，能找到求婚的人，不过她们再不像以往那样快活了。她们也染上了城里姑娘的那种虚荣心。那个长宽鼻子的姑娘不停地用手指捏鼻子，想让它窄点儿；那个长着长下巴的用自己的拳头往上推下巴，好让它短点儿，那个长雀斑的盘算着城里是否有种药膏能把雀斑去掉。可从哪儿弄去城里的车费呢？买药膏的钱怎么弄？斯基巴家第一次感到了自己的贫穷，并羡慕起了阔人。

然而受到影响的还不仅仅是这家里的人。那只狗和那只猫也被这面镜子弄得不安起来。那间小屋很矮，镜子正好挂在一条板凳的上方。那猫第一次跳上了板凳，并且从镜子里看到了自己的模样，它变得非常不安。它过去从未见过这样一个家伙。柯特的胡子竖了起来，它开始对着镜子里的影像喵喵地叫起来，而且朝它抬起了一只爪子；但是那个家伙也喵喵地回敬它并且也抬起了一只爪子。不久，那条狗也跳上凳子。当它看到镜子里的另一条狗时，又气又惊，都发了狂。它冲着另一条狗汪汪地叫，对它龇着牙齿，可是那另一条狗也反过来朝他叫也露出了犬牙。伯利克和柯特恼极了，它们俩有生以来第一次朝着对方发火儿，伯利克咬了一口柯特的喉咙，柯特发出了嘶嘶的声音，然后朝着它呼噜呼噜地哼叫着，并且用爪子抓他的鼻子。它们俩都流血了，看到血，火儿就更大了，他们差点儿把对方杀死或弄残废了。这家里的人好不容易才把它们分开。因为一条狗要比一只猫壮，就不得不把伯利克拴在屋外，它整日整夜地吠叫。由于过分伤心，狗和猫都不吃饭了。

当扬·斯基巴看到了那面镜子给他的家庭造成的混乱时，他决定，镜子不是他家需要的东西。"你可以看见并欣赏到天空、太阳、月亮、星辰以及大地和它的全部森林、草原、河流和花草植物的时候，"他说，"为什么要看你自己呢？"他把镜子从墙上拿下来，把它放进了柴草棚。当小贩来拿按月付的货款时，扬·斯基巴把镜子还给了他，而且给妻子、女儿买了围巾和拖鞋。没有了镜子之后，伯利克和柯特又恢复了常态。伯利克又认为自己是只猫，而柯特又肯相信自己是条狗了。尽管姑娘们在自己身上发现了一些缺陷，但她们的婚姻都挺美满。村里牧师听说了扬·斯基巴家里发生的事，于是说："一面玻璃镜子只显示出了身体的表面。一个人的真正形象是在于他愿意帮助自己和家里的人，而且要尽可能地帮助所有和他有来往的人。这种镜子才反映出了人们真正的灵魂。"

（晓溪　译）

能行，小负鼠

〔美国〕艾伦·康福德

伦道夫是只小负鼠，为了他，爸爸妈妈伤透了脑筋。

"我真不明白，"妈妈说，"所有的负鼠都能用尾巴缠在树上，倒挂着睡觉，你怎么就不能？"

"我也不知道。"伦道夫哭丧着脸，说，"我试过不知多少次了。"

"再试试，"爸爸鼓励道，"没准儿多练几次就行了。"

"好吧。"伦道夫叹了口气。然后磨磨蹭蹭地爬上了大树。他紧紧抱住一根树枝，深深地吸了口气。

"别往下看！"爸爸说。

"别紧张！"妈妈道。

"会成功的！"哥哥喊。

"不，我看他不行。"妹妹却说。

伦道夫用尾巴缠住树枝，又吸了一大口气，然后松开爪子往下一悠，倒挂在树上。

“好!”爸爸叫了起来；

“噢，我的孩子有出息了!”妈妈松了一口气；

“坚持下去!”哥哥给他鼓劲。

“呀，他不行了!”妹妹说。

果然，伦道夫尾巴一松，一个“倒栽葱”跌到地上。

“噢，我的天!”妈妈叫着，全家都跑过来。

“伤着了吗?”妈妈担心地问。

“跟过去差不多。”伦道夫噘着嘴说。

爸爸摇摇头:“我真不懂你是怎么的，我和你妈能用尾巴倒挂在树上，你哥哥能行，你妹妹也行。这是生来就会的事儿!”

为了让伦道夫看看，倒挂在树上是多么容易，妹妹飞快地爬上大树，倒挂在那儿，一边悠着，一边唱起歌来。“给你唱一支‘玛丽有只小羊羔’怎么样?”妹妹问。

“用不着!”伦道夫生气了。

“你不再试试吗?”爸爸说，“刚才你不是差一点挂住了?”

“我真的不行！我就是挂不住嘛!”伦道夫回答。

“一次不行，就来第二次，第三次!”爸爸说。

“只要你坚持练下去，准行!”哥哥加了一句。

“就不!”伦道夫号啕大哭起来，“人家练一次，摔一次，回回都是脑瓜着地，我的脑袋疼极了!”

“要是摔不着脑袋，你还练吗?”妹妹问。

"那还可以。"

"咱们在树下面堆上一大堆树叶,"妹妹建议,"你要是掉下来,就落在松软的树叶上。"

"这主意不错,你们去帮他弄些树叶来。"爸爸说。

他们从四周拣了一大堆树叶,堆在了树下。

"那,我就再试试。"说着,伦道夫爬上大树,用尾巴缠住树枝,倒挂了下去。可尾巴一松,又一头栽进了树叶堆里。

"这树叶管用吗?"妈妈有些担心。

"还行!"伦道夫又爬上了大树。他一次次用尾巴挂在树上,又一次次栽进树叶堆里。哥哥、妹妹到一边玩去了,爸爸、妈妈也散步去了,只剩下伦道夫还在那儿练着:掉下来,挂上去;挂上去,又掉下来……

伦道夫灰心了:"也许我跟他们不一样。他们能倒挂在树上睡觉,而我不行。这堆叶子不挺软和、挺舒服嘛,我就睡在这儿!"

一阵喧闹声把伦道夫吵醒了。原来哥哥和妹妹在树叶堆上翻起跟头来了。

"嘿!"妹妹尖叫着,"真好玩!"

"你倒觉得好玩,"伦道夫叹着气,"可我得在这儿睡觉啦!"他站起来,拍拍身上的尘土。有几片树叶粘在他的尾巴上。

"我帮你掸掸。"妹妹说。她掸了几下,但没掸掉。

"可能粘住了。"哥哥说。

"别冒傻气了,怎么能粘住?"说着,妹妹使劲一揪树叶。

"哎哟，疼！"伦道夫大叫起来。

"瞧！"妹妹指着树腰上一根小树枝。枝头上正慢慢地往下滴着什么东西。

"是树胶？"哥哥说，"你的尾巴滴上树胶了。"

"我怎么就没想到？"伦道夫不再揪尾巴上的树叶，一边嚷着，一边把尾巴伸到那根树枝下面，"既然树胶把树叶粘在我的尾巴上，说不定也能把我的尾巴粘在树枝上！"他叫喊着，一蹦一跳地窜上大树，用尾巴缠住一根树枝，然后，紧紧地抱着它，直到他确信，树胶的确粘住了，才松开爪子挂了下去。这次，他成功了！

"快来看呀！"伦道夫大叫起来，"你们大家快来呀！"

哥哥鼓起掌来。爸爸妈妈听到喊声也都跑了过来。

"祝贺你，孩子！"爸爸说，"我说过，多练练就行嘛！"

"再练也没树胶管用。"伦道夫说。

"树胶?!"爸爸愣住了。

"天哪！"妈妈叹道。

"他还挺聪明。"哥哥说。

"可这是欺骗！"妹妹说，"再说，你怎么下来呢？"

"这，我可没想过。"伦道夫承认。

"别着急，"妈妈和蔼地说，"等你想下来的时候，我们帮你把尾巴解开。"

"可现在，我还想再挂会儿。"伦道夫说，"脑袋朝下，看什么都变了。蓝天好像在地上，草地又跑到了天上。真舒服，我甚至能在这儿打个盹！"说着，他闭上眼睛，真的睡着了。

打那以后，每次睡觉前，伦道夫就把尾巴伸到那根树枝下面待一会儿；睡醒了，妈妈便会帮他把尾巴松开。

可有一天，伦道夫突然发现，树胶干了。

"现在我可怎么办呢？"他哭了。

"孩子，"爸爸劝道，"你应该不抹树胶再练练。"

"我真的不行，"伦道夫说，"每次我都头朝下栽下来。"

"冬天快到了。在冬天，所有的树胶都干了。你必须学会像我们那样挂在树上睡觉。"爸爸说。

"说不定我们在别处还能找到树胶。"哥哥说，"我帮你寻。"

可他俩找了半天，一无所获，只好懊丧地回家了。

"看来，我只好再弄堆树叶了，"伦道夫叹了口气，"我总得有个睡觉的地方呀！"

就在这时，妹妹一蹦一跳地跑过来。"瞧！我找到了什么！"她嚷着，给伦道夫看两片湿漉漉的树叶。

"我找了点树胶，抹在这上面了。"说到这儿，她眨了眨眼睛，"我给你抹在尾巴上，好吗？"

"你真好！"伦道夫伸出了尾巴。然后，他爬上大树，"但愿你抹足了量。"他还是有点担心。

"没问题。"妹妹叫他放心。

听到他们说话，爸爸妈妈也都走了过来。

"妹妹给我弄点树胶。"伦道夫说。

"你妹妹多好!"妈妈说。

"那有什么,"妹妹有点不好意思了。

"瞧呵!"这时,已经倒挂在树上的伦道夫大叫起来,"这胶真管用,谢谢你,好妹妹!"

突然,妹妹尖叫起来:"伦道夫,你挂住了!快瞧啊,他自己挂住了!"

"他当然能挂住。"哥哥说,"他尾巴上有树胶嘛!"

"不,不是的!"妹妹叫着,上下跳着,"那不是胶,是水!树叶上涂的是水!我骗他呢!"

"水?!"伦道夫叫道。但马上便情不自禁地大笑起来,"我挂住了!我能挂在树上睡觉了!"

"噢,我的孩子,我真为你骄傲!"妈妈说。

"我懂了。干什么事都要有信心,你所需要的正是这个!"爸爸说。

"还需要一个狡猾的妹妹!"哥哥说。

"一个聪明的妹妹!"妹妹纠正道。

（晓汀　译）

表　功

〔美国〕克拉次

　　粉蝶儿在紫罗兰和长舌兰的花丛中穿梭飞舞，满身缀着珠宝般美丽纹理的小花蛇在草地上灵巧滑行。狮子、白兔和猴儿坐在森林边的高大棕榈树下聊得出了神，谁也没分神去注意粉蝶和花蛇的活动。

　　"该想个办法对付小老鼠，"狮子显得有些愤然，"打那天咬破猎人的网兜救我出来之后，它就没有一天不向我表功。"

　　"我也听厌了它的唠叨，"白兔颇有同感，"一见它的影儿，我掉头就跳开了。"

　　"只要它一来，我就上树，"猴儿加上一句，"上了大树顶，我的耳朵里就再也听不见它吹嘘自己是个多么了不起的人物了！"

　　"看来它压根儿就想不到将来有朝一日自己也需要我们帮忙似的。"狮子深表遗憾。

"我们得让它了解这点才是正理。"猴子提出建议。

"我有个主意,"白兔灵机顿生,"今晚等小老鼠进洞,我们在它门口碰头时我再告诉你们。"

夜幕中月色清清幽幽,狮子和猴儿在鼠洞附近找到了白兔。

"先帮我把这块石头搬到洞口去,"白兔悄声耳语,"明天一早我们再来这儿:瞧,它不请我们帮忙挪开这块石头才怪呢。"

"真有你的!"狮子和猴儿竖起拇指。三个一用劲就搬妥了石头。白兔打算躲在岩壁后面过夜,其他两个也都分头睡在近处不回家了。

第二天太阳还没全探头,白兔醒了。从它松松软软地塌下来的毛耳朵边传来了一声问候:"早上好!"原来小老鼠从岩壁旁的另一个洞口跳出来了。

"白兔兄弟,我这扇新后门还可以吧!"小老鼠吱吱笑着,依然显得有点得意扬扬。

确实大出白兔意料之外,它不好意思地问:"为什么不请人把前门的石头搬掉呢?"

"不妨事,石头放在那儿还是个好摆设哩!"小老鼠毫不介意,"我们何不坐在上面边瞧日出,边说说我救狮子脱险的故事?!"

白兔一时转不出脱身的念头,只得耷拉着耳朵听任小老鼠絮絮叨叨。

直到下午时分,猴儿有了新点子:"我想起山顶灌木林中的大树上结满了美味浆果,小老鼠一准高兴去尝个新鲜。可它必得央求我上树帮它摘果子,这样它就能了解每个人都有央求别人帮助的时候。"

它们抓紧时间跑去把山上有美味浆果可尝的事告诉小老鼠。小老鼠高高兴兴随着它们三个一起出发。

"你待在这儿别动，"一到山顶，猴儿就通知小老鼠，"我先上树，摘了浆果扔给你吃。"

"不用你费心了，"小老鼠边说边窜到林中，"瞧，地下全是熟透了的自己从树上掉下来的果子哩！"

小老鼠成了大忙人，不断把浆果捧到它们三个跟前，一边又唠叨起怎么救狮子脱险的故事。大伙儿尝着甜蜜的果子，大眼望着小眼地心中直没好气。猴儿搭讪着咕哝道："这地上的果子，太熟，没有树上摘下来的新鲜爽口。"

第二天狮子有了新招："小老鼠长得那么小模小样，我们何不邀它穿过森林做一次长途远足，让它走迷了路，就不得不央求我们帮忙送它回家了。"

它们立即跑到小老鼠家提出邀请。"妙极了，"小老鼠满怀热情地答应。它们四个一起走进森林深处，密密的枝叶浓荫蔽大，小老鼠一路上滔滔不绝地诉说怎样救狮子脱险的故事。白兔实在忍耐不住，悄悄跟猴儿说："我的耳根都发麻了，我们快回家吧！"

猴儿再悄悄跟狮子说："我和白兔打算回家了。我们就请小老鼠带路。要是它回说不知道回家的路，那就让它央求你领头带路。"

"我可不知道回家的路，"狮子似乎忘了这原是自己出的新招，却生气地说："我出生在草地，森林可是你们猴儿的家！"

"我可只认识树顶上的路，"猴子挠腮抓头，"这些长满羊齿植物的森林小路我连方向都辨不清楚。喂，白兔，那只能由你带路了。"

"我这会儿早已蒙头转向，"白兔急出了泪水，"我们这下子可怎么办哪!?"

小老鼠从那边蹦了过来："你们三个吵些什么呀?"

"我们原想让你迷路央求我们帮忙送回家去的，"狮子无奈，说了实话，"谁知我们三个都不知道回家的路了。"

"为什么要想出这样的主意来呢? 我的好朋友们?"小老鼠不由得一阵难过，一滴泪水落在毛茸茸的脸颊上。

白兔也说了实话："你成天唠叨的那个救狮子脱险的故事把我们的耳朵都听得无法再忍受了。"

猴子坦率表白："我们想让你了解你自己也有需要别人帮忙的时候。"

"但是你们不了解的是我深深知道自己体小力弱，非常需要你们的帮助。"小老鼠无限激动，"我常常提起救狮子大哥脱险的事，就是想让你们愿意交我这样的朋友——一个微不足道的小老鼠有时也能尽力帮助别人。"

三个小动物听了感动极了，小老鼠擦干了第二滴泪水："从今后我再也不提救狮子大哥的事了，因为我了解你们确实是我的好朋友。"

"好了，大家心里的疙瘩终于解开了，"狮子喜出望外，"但眼前我们怎么回家呢?"

"我认识路，"小老鼠心慈声柔，"我乐意带路。"

三个小动物听了，心里惭愧，脸上高兴；羞答答，笑眯眯。

小老鼠精神百倍地领头带路，有说有笑，说的是活泼的粉蝶儿、灵巧的小花蛇、喷香的紫罗兰和美丽的长舌兰，再也不提咬破网兜救狮子的旧事了。

（朱伯琏　朱海萌　译）

啮龟与小龙卷风

〔美国〕盖尔·斯尼切

啮龟坐在巴特贝水池中央的一块石头上。他受过良好的教育，但是性情急躁。他在池塘里的动物中也没有朋友。邻居们知道他喜欢独自一个人坐在那块石上，思索天下大事以及有关宇宙的许多尚无答案的问题。啮龟几乎是难得一笑。

鼹鼠女士住在巴特贝池边的地底下。她周围的世界漆黑一片，但是她的性情却很开朗。邻居们很喜欢她，也老爱去她那儿喝茶。她众多的鼹鼠宝宝对她很是崇拜。由于怕阳光伤害她的眼睛，所以她只敢在晚上出来觅食。关于"真正的"世界像什么，她几乎一无所知，也从未听说过什么宇宙。

啮龟和鼹鼠女士是邻居，但他们从未见过面。不过，他们很快就要见面了，那将是在一种极不寻常的情况下的会面。

几天以来，天气一直不正常，天黑沉沉的，风刮得很凶，雷声轰隆轰隆打山上滚过。啮龟独自坐在石头上，非要等着那出来不了的太阳放射出光芒。由于他完全沉浸在严肃的思考中，所以未注意到一股小龙卷风正向他袭来。风一路翻旋着，卷起树丫、一只受伤的麻雀和一块废铁。龙卷风滚过巴特贝池塘时卷起了啮龟。他被吹得不停地转动，飞越池塘后，他被猛一下扔在鼹鼠女士的家门口。啮龟仰卧在地上，觉得非常难受。突然下起一阵倾盆大雨，雨水汇成一股激流把他冲进鼹鼠女士的地洞入口。

女士听见一阵阵地呻吟声和嘟嘟声，感觉到她的脚爪下有水，便急急忙忙地赶到洞口，一眼看见那只大啮龟，背部紧贴着地仰卧在那儿，两眼紧闭，正在大声呼号。

"哎呀！救命呀！啊唷！我的天哪！呵嗳！天哪！"

鼹鼠女士用脚划着水围着这个奇怪的客人转，她爬上啮龟的肚皮仔仔细细地把他看了一遍，然后问道："你是个啮龟吗？"

"我有壳，是不是？也有四只脚，对不对？还有伸缩自如的脖子和一根小尾巴，有没有？这还用问，我当然是个啮龟。"

鼹鼠女士有点迷惑不解。"你旅行时总是这样四脚朝天，挥舞不停吗？还是因为你出了一点什么问题呢？"

"你说什么呀！难道只是出了一点问题吗？告诉你一切都糟透啦。我被弄到这儿，远离家乡，四脚朝天躺在这儿，待在这个又黑又讨厌的地道里，还有一个毛乎乎的家伙待在我的肚子上，拿一些幼稚可笑的问题来烦我。"

"要我帮忙吗？"鼹鼠女士问。

"你开什么玩笑？即使我能设法翻过身来也没法找到回家的路了。我想我会死在这儿啦，就死在这个可怕的地方。哎呀，这不行唷！哎哟哟！啊呀！我的天呀，这是为什么哟？"

"啮龟先生，"鼹鼠女士说，"你问为什么可就不对了，就连头脑简单的鼹鼠，这问题也应当问'怎么样'。我该怎么样才能把你翻转过来，给你找到回家的路？"

"把鼬鼠们找来。"鼹鼠宝宝们叫道，同时围着啮龟嗅着。

鼹鼠女士打发宝宝去把鼬鼠们叫来。鼬鼠们很快就闹闹嚷嚷，跳跳蹦蹦地来了。他们从四面八方向啮龟围过来。啮龟将头缩进了壳里，他对任何其他的生物都不很喜欢，他很讨厌这群闹哄哄的乱跳乱蹦的鼬鼠。

鼬鼠并没有意识到啮龟对他们的厌恶，仍一个劲儿地在那儿喋喋不休，策划如何才能把他翻过来。经过一阵吵吵嚷嚷地商量以后，他们把绳子的一端系在了啮龟的脚上，然后他们抓住绳子的另一端。小鼹鼠们在啮龟的壳下跃跃欲试，做好推的准备。"一，二……"当数到三时，鼬鼠拉住绳子用力拖，鼹鼠宝宝们在壳下使劲地推。

啮龟闭紧双眼屏住呼吸。

"嘿唷唷！"，"嘿呵！"，"哇！"成功了！啮龟翻过身来了。鼬鼠们马上就在他的背上玩耍起来，好像这背就是一块滑板，小鼹鼠也因这一阵的折腾而兴奋起来，傻乎乎地啃起他的脚趾头来。啮龟一动也不动地忍受着这种折磨，直到鼹鼠女士拿起扫帚把鼬鼠们赶走，把小宝贝们从啮龟脚边扫回他们的育儿室里。最后终于静下来了。啮龟睁开双眼，伸出脖子，看着鼹鼠女士沏好茶，摆上一盘甜点心。

"你感觉怎么样？是否好一些了，可以喝点茶了吧？"鼹鼠女士问道。

啮龟啜着茶，吃完了所有的甜点心。他一句话也不说，只是观看着鼹鼠女士的一举一动。她替他包扎好脚趾，摸摸他坚韧的脖子，拍拍他的龟壳看看有没有裂缝，然后从食橱里找出一张地图，把它放在啮龟的嘴里。"这儿"她向啮龟说，"这个会帮你找到回家的路的。"

"呵，鼹鼠女士，我独自一个人回家吗？难道你不同我一块走吗？"

"我怎能跟你一块去？你生活在阳光之中，而且你也喜欢太阳。而我是生活在黑暗之中，光亮会刺伤我的眼睛，我的小宝宝们也是这样，我必须与他们待在一起，他们需要我。"

"但是，鼹鼠女士，现在我也需要你。我从未有过任何客人，我也不想有客人。但是现在我明白了朋友的可贵。你叫我孤孤单单的一个人怎么办呢？"

"这倒真是一个难题，"女士回答道。

"孤独确实可怕。我可以成为你的好朋友，但是我讨厌太阳。"

啮龟和鼹鼠女士想呀，想呀，啮龟终于绽开了一丝难得一见的笑容，开口说道："鼹鼠女士，我想到一个绝妙的主意。当阴天，太阳不会伤害你的眼睛时，我会来接你。你待在我的背上，我把你带回巴特贝池中的石块上。我们可以在那里参观，我还可以让你了解这个世界，了解天下大事。你会喜欢听我给你讲这些的，我受过很好的教育。"

"这主意不错，"鼹鼠女士回答说，"我一定会来的。我一定听你讲，那时候你也会听我讲的。我会让你变得友好，仁慈，善良的。当你学会怎样做个朋友时你再也不会担心孤独了。"

所以，只要是有云的阴天，你总能在巴特贝池中央的石块上发现并排在一起的啮龟和鼹鼠女士。他们从早到晚地边聊边听。

（陈科　译）

动物请愿团

〔美国〕卡尔·桑德堡

在遥远的美国北部，萨克其万河的近旁，在温尼伯"小麦之乡"，也就是在那由于某个猎人射中一匹麋鹿的颚部，因而得名的鹿颚镇不远处，是暴风雪和温暖干燥的季风发源地。那儿几乎没人愿去干活，但又不得不去那边远之地谋生。远近闻名的哈特城，就坐落在那一地带。

那儿的高山上矗立着一座高高的钟楼，钟楼顶上蹲着一只高脚凳子，凳子上高高地坐着气象观测站站长。

就是这个哈特气象站，有一次因为粗心大意，没有及时预报天气变化，使得受这一气候带影响的一大片地区的动物，尾巴都被折腾掉了。

事情是这样的：起初，长时间多尘而干燥的气候使动物的尾巴变得又枯又硬；接着，瓢泼大雨自天而降，动物们的尾巴全被淋得软绵绵的；紧跟着寒潮袭来，冰块夹着霜冻，尾巴又僵直得可以当鼓槌；最后是狂风刮来，刮呀刮，硬邦邦的尾巴就这样全被弄没了。

某些动物有个尾巴根儿也能凑合。但是蓝狐狸可不行，它要靠尾巴助跑，靠尾巴卷东西吃，靠尾巴帮助散步，靠尾巴在雪地上画画儿和写信，靠尾巴把寻到的肉撕成一条条瘦的、肥的，直到藏进河边的大石底下。

兔子有对长耳朵就够了，除了一团棉球似的玩意儿，基本上没有尾巴，可是对黄豹来说，尾巴可是它离不得的宝贝。白天，它那空心老树下的巢穴，要靠那黄色火炬似的尾巴照明，晚上溜进草原觅食，又要靠像手电筒似的尾巴照路。

于是动物们组织了一个有代表性的委员会，来讨论应该和可以采取什么步骤。委员会由66位代表组成，便取名叫"六六委员会"。这66位聚集拢来，一个个昂着头，把闭着的嘴巴抬得比鼻子还高；两眼在鼻子上方微眯着，俨然一副议员的派头儿。它们还把耳朵洗得干干净净，一个个用前爪挠着下巴，一副若有所思的样子。这么一来，任何人望见它们，都会赞叹，"这一定是个杰出的委员会。"

自然，如果动物们都拖来一条光怪陆离的尾巴，这个委员会倒是真够杰出的。换句话说，如果蓝狐狸没有失掉它蓝色条纹的大尾巴，如果黄豹那长长的黄火炬似的尾巴没有被风刮掉，这个委员会就更体面了。

"六六委员会"召开了第一届会议，议程是讨论应该采取什么步骤。谁来主持会议呢？大家公推老黄豹当主席，因为它是著名的公断人。在黄豹家族中，它被誉为"公断人的公断人""公断人的领袖""公断人之王""公断人中的贵族"。每当邻居之间发生打架吵嘴等等纠纷，这位黄豹元老就要被请去，由它判哪家是哪家不是，断得公平合理。争斗双方也都心悦口服，说："它真是百里挑一的公断人，懂得行事的分寸，不能太过分。"这位老公断人来自马萨诸塞州，出生在查奎迪克附近。它的巢穴筑在一棵空心老栗树下六尺半的深处，位于南哈德利与北安普托之间。在它失去尾巴之前，每到晚间，它就用那黄色火炬似的尾巴，把栗树下的大空洞照得透亮通明。

现在它被提名、推选、通过为委员会主席了。它站到主席台前，把议事槌"咚咚"地敲了两下，命令大家肃静，各就各位。

"关于失去尾巴的问题，这不是闹着玩的，我们必须认真对待。"黄豹主席致开幕词，又把议事槌敲了一下。

一位来自得克萨斯州维克城的蓝狐狸，耳朵里还满塞着矢车菊叶子，站起来抢先发言：

"主席先生，我可以提个建议吗？"

"请吧，你怎么说都可以。我知道你的名号。"主席致意。

"先生们，我建议咱们委员会从费城登上火车，坐到那条铁路线的终点站，然后转车到哈特城。在那儿的温尼伯的'小麦之乡'里，萨克其万河的近旁，有座高山；高山上有座高高的钟楼，钟楼顶有把高脚凳子，凳子上高高地坐着气象观测站站长。我们找这位站长请愿去，要求他呼唤来可以把咱们的尾巴还转来的气候。因为是气候让咱们遭罪，也只有气候才能还我尾巴。"

"凡是赞成这个提案的，"黄豹主席说，"就用你们的右爪，挠你们的右耳。"

所有的蓝狐狸，所有的黄豹，都用右爪挠它们的右耳。

"凡是反对这一提案的，"主席又说，"就用你们的左爪，挠你们的左耳。"

可是所有的蓝狐狸，所有的黄豹，又都用它们的左爪，挠它们的左耳。

"表决无效！"主席宣布，"再来一次。凡是赞成这一提案的，请踮起后腿，鼻孔朝天。"

于是所有的蓝狐狸，所有的黄豹，都踮起后腿，鼻孔朝天。

"一个蓝狐狸和黄豹的66席委员会，访问共和国的城市，这在咱们美利坚合众国的历史上算是闻所未闻吧。""我代表我个人，代表'六六委员会'，代表美国所有失去尾巴的动物，向你致敬！"黄豹主席赶紧结束这场不愉快的对话，赶紧带领"六六委员会"的全体委员——一半是蓝狐狸，一半是黄豹，劈里啪哒劈里啪哒，连滚带爬，除开尾巴而外，有的用脚掌有的用趾爪，有的用嘴巴有的用头顶，闷不作声地直奔费城火车站。

在候车室里，尽管它们没有什么好说的，可是候车的旅客们总认为它们大有可谈，也一定要交谈，所以便耐心等候着。但是遗憾得很，在候车室嘈杂的喧哗声中，旅客们没听见黄豹或蓝狐狸的一声谈吐。

"它们相互间操的是它们奇特的语言。"一个候车的旅客揣测。

"这是它们之间的秘密，不会告诉我们的。"另一个旅客猜测。

"等明天早晨，咱们把报纸颠过来读，一切都会明白的。"第三个旅客预言。

开车时间快到了！蓝狐狸和黄豹们又噼里啪啦，连滚带爬，除开尾巴以外，有的用脚掌有的用趾爪，有的用嘴巴有的用头顶，越过石阶进入站台，接着又爬进挂在火车头前面的特别吸烟车厢。

"吸烟车厢是挂在火车头前面的，咱们受的是特别优待。也就是说咱们总是跑在整个火车的最前头。"黄豹主席对委员会全体成员介绍。

列车驶出车站，沿着铁路轨道运行。在阿尔图纳附近进入弯道，弯得像个大的马蹄形。长长的马蹄形弯道盘山而上，路轨渐渐有些异样。后来火车钻进溪谷，越过一段直轨，朝着俄亥俄州前进。

一位列车员跑来说："假如你们要跳出车厢，一定得事先打招呼。"

"哼，刮掉我们尾巴的时候，为什么就没人来先打招呼？"老资格的黄豹公断人嘟囔着。

两个小蓝狐狸站在车厢尾部的栏杆边观望。只见拔地而起的烟囱排列成行。烟囱下面摆着一桶桶乌黑的煤烟。

"嗬，那些黑猫就是从这儿染出来的。"一个小蓝狐狸说。

"嗯，我相信你的判断。"另一个小蓝狐狸附和。

火车驶过俄亥俄州和印第安纳州，已经是晚上，黄豹们把车厢顶盖掀了开来。列车员走来警告："注意安全，谨防出轨！"

黄豹们齐声起哄！"这样很安全呀，我们就在星星下（这里是双关语，既指天空的星星，也指美国的国旗是星条旗——译者注）。"

火车进入菲律宾加哥站。当天下午的报纸上登出了蓝狐狸和黄豹的图片。蓝狐狸和黄豹都爬在电线杆上，吃着奶油冰激凌。

每只蓝狐狸和每只黄豹都倒拿起一份报纸，长久地仔细地端详，欣赏自己爬在电线杆上吃冰激凌的模样。

车过明尼苏达州，漫天飞舞着明尼苏达雪怪的阴影。蓝狐狸和黄豹又掀开了车厢的顶盖，告诉前来干涉的列车员说："咱们宁肯摔出轨道，也不放过观看每冬出现一次的明尼苏达州雪怪的机会。"

夜深了，"六六委员会"的成员们大都入睡了，只有那两个小蓝狐狸，整夜都趴在车厢尾部的栏杆边观看雪怪，又相互谈论着雪怪的故事。一个小蓝狐狸问另一个小蓝狐狸："你说说，雪怪是什么，它的影子是怎么来的？"另一个小蓝狐狸回答："每个人不是都做过雪球，堆过雪人，捏过雪狐狸、雪鱼或者雪饼么？这些雪家伙化了就变成了空中飘荡的雪怪。"

这还仅仅是它们谈话的开头。整个夜晚，两个小蓝狐狸还相互回忆一本大书里关于雪怪的记载；相互争着讲从它们的爸爸妈妈那儿、从祖父祖母那儿听来的关于雪怪的老传说，甚至编造它们从没听到过的雪怪新故事，比如说什么雪怪会出现在圣诞节早晨，迎接新年的到来。

火车到了温伯尼与鹿颚镇之间的一个小站，"六六委员会"的委员们索性叫列车停了下来。它们全部翻出车厢，跳进了雪地。皎洁的月光洒满山谷里的白桦林。这儿是雪霁之谷，加拿大所有的雪霁在初冬就纷纷飞来，在这儿造它们的雪靴。

列车终于抵达了萨克其万河岸的哈特城，来到了这暴风雪和温暖干燥的季风发源地。这是它们向往已久的地方。"六六委员会"的成员一齐跑过雪原，直奔高山上钟楼旁，对着坐在钟楼顶的高脚凳子上的气象站站长，发出恳切而严肃的呼吁：

"请帮我们刮起一股还我尾巴的大风吧！请降下一场能把我们的尾巴重新贴上的大霜冻吧！"

气象站站长正在做这件转日回天的大事，满足了它们的全部要求。于是"六六委员会"完成了请愿的历史使命，蓝狐狸和黄豹们都高高兴兴地返回各自的家乡。从此，蓝狐狸又可以靠它波浪形的尾巴刷子，帮助赛跑，卷东西吃，散步，在雪地上画画儿和写信，靠尾巴把弄到的肉撕成一条条瘦的与肥的，藏进河边的大石底下。而黄豹呢，白天又可以靠它长长的黄色火炬似的尾巴，照亮它那空心老栗树下的巢穴；晚上又可以靠它手电筒似的尾巴照路，溜进草原觅食了！

（曾真 译）

老鼠的全家照

〔美国〕罗莎莉·马乔

有一家人住在一间大房子里，鼠妈妈和她的一家也住在这间大房子里，当然，她们是住在大房子的地底下。

这天，鼠妈妈刚侦察完那家人回来，她说："他们生活得真不错！"

鼠妈妈觉得人生活得太棒了。只要是人做的事情，她都羡慕。这些日子，鼠妈妈藏到这儿，藏到那儿，观察着这家人。她仔细地向他们学习着。如果这家人早餐吃水果，鼠妈妈家早餐也吃水果，就是有的老鼠不愿吃，她也不在乎。

鼠爸爸曾经是一只野老鼠。他说鼠妈妈是因为长期和人住在一起，所以，她才这样羡慕人的生活。他一点也不习惯鼠妈妈每天早晨给他放在床边的整齐的黑西服和红领带。

鼠妈妈的家人不光是不喜欢穿衣服，他们也不喜欢刷牙、看报纸、去教堂。但是，因为他们都深深地爱着鼠妈妈，所以，他们都能愉快地按照鼠妈妈的这些奇怪念头去做。

一天晚上，鼠妈妈特别兴奋地来到餐桌旁对大家说："你们知道我今天在他们的房间里看到什么了吗?"说这话的时候，她又小又亮的眼睛闪闪发光。鼠爸爸和鼠宝宝们沮丧地倒在椅子里。他们不知道鼠妈妈又有什么怪念头了。

"他们有一张全家照。爸爸、妈妈和几个孩子都穿得好好的，他们坐在沙发上，面带微笑。"她叹口气说，"这是一张非常可爱的照片，我也想有一张咱们的全家照。"

鼠爸爸扔掉了鼠妈妈非要让他戴上的餐巾说："亲爱的，我们谁也不会用照相机啊!"

"是啊，是啊，是这么回事，"鼠妈妈皱着眉头说，"我会想办法的。"

从这以后，鼠妈妈也没有再说什么。但是，鼠爸爸和鼠宝宝注意到，有时候鼠妈妈自己对自己嘀咕着什么。她还经常陷入沉思。他们明白了，鼠妈妈还是没有放弃照全家照这个念头。

几个星期以后，鼠妈妈让她的家人穿上最漂亮的衣服。小老鼠毕毕穿上了迷人的白衣服，这是用面包袋做的。小老鼠蒂尔塔穿了一条奇异的裙子和外衣，这是用以前圣诞节用过的餐巾做的。小老鼠哈珀和弗里茨像鼠爸爸一样，穿着西服。鼠妈妈穿着一件用金丝雀的羽毛做成的长袍。这些羽毛是她从那家人养的金丝雀笼子里收集到的，为这，她也冒了好大的风险呢。

鼠妈妈把她的家人排成了一个队，然后嘱咐说："当我叫一声'出发！'你们就赶快跑出来，站在那家人的脚底下。当我叫一声'回去！'你们就赶快跑回家。"

老鼠们站在洞门口，等着鼠妈妈的信号。在那间大房子里，有一个声音说："你们全都坐到沙发上。"接着就听到屋里的人移动的声音。

"很好，"那个声音说，"我将数到三，当我说'三'的时候，你们就笑。一，二——"

"出发！"鼠妈妈叫道。老鼠一家猛地闯进那间房子，站在那家人的脚下，一个个都面带微笑。

"三！"那个声音说。

"回去！"鼠妈妈吱吱地叫着说。老鼠们马上往回返，一眨眼的工夫，老鼠们就在鼠妈妈的率领下冲了出来。

老鼠听到那个声音在说："你们谁的脚在捣乱？每当我喊'二'的时候，我就听到乱糟糟的沙沙声。你们必须一动不动地坐着。"

像照完了，鼠爸爸对鼠妈妈说："好啦，亲爱的，我希望这回你该满意了。"

"还没完呢，"鼠妈妈说，"我必须搞一张洗出来的相片。"

鼠妈妈说完，转身跑了出去。但是，她没有拿到那张洗出来的相片。几个星期以后的一个晚上，老鼠们听到门口有声音。当他们跑出来看时，他们发现老鼠洞口有一张相片。这是一张老鼠的全家照。它被整齐地从那家人的全家照上剪了下来，夹在一个小小的金色框子里。鼠妈妈举着相片，高兴地叫了起来。

鼠爸爸拍拍鼠妈妈的肩膀说："好啦，现在你得到咱们的全家照了，你该高兴了吧？"

鼠妈妈的眼睛看上去在沉思着什么，她慢慢地说："你知道吗，那家人的全家照是放在电视机上的。"

鼠爸爸哼哼说："亲爱的，凭你的才智，搞一台适合我们老鼠看的小电视机不会成问题的。"

"我不知道我是不是可以弄到。"鼠妈妈也哼哼着说。

（张雪莲　译）

三只小老鼠

〔加拿大〕洛兰娜·纳盖

在乡间一座裹着白雪的房子里，住着一户人家。每天晚上，年迈的老奶奶就习惯地将干酪分给钻进她裙摆下嬉闹的三只小老鼠，如果哪一天老奶奶来晚了，三个小家伙就会"嘻、嘻、嘻"地叫唤。

一听见叫唤，老奶奶就马上跑过来招呼他们："嘘、嘘！安静点，我的小宝贝儿，不能让人知道我给你们干酪吃，要不然的话，你们会被赶走的，说不定还会遇到更大的麻烦。"三个小老鼠不好意思地低下头。这样一来老奶奶却觉得过意不去，赶紧把切好的干酪端给他们。

小老鼠吃完干酪，就跟小松鼠似的坐下来做个人卫生。他们舔着自己粉红色的小指头，细心地擦脸，还没等他们梳洗完毕，老奶奶就喊开了："快点，快点！该睡觉去了。"小老鼠便听话地一个个地溜到衣柜下的地板里去了。

老奶奶把小老鼠当成自己的孩子，她常称他们为："我的小老鼠"。有天晚上，恰好是圣诞节之夜，老奶奶忘了给这些小不点干酪，只忙着为全家准备糕点，帮着年轻的父母做圣诞树，又让孙儿们躺下睡着。一切准备停当，老奶奶坐下来做了三个动物形状的小饼干盒，在盒盖上用大写字母写下了"送给我的三只小老鼠"几个字，紧接着用小写字母写下他们的名字：伊莎贝尔、维多尼克、皮埃尔。老奶奶想："这下，每只小老鼠都能幸福地拥有自己的礼物了。"她感到很欣慰，做完这一切，她也睡觉去了。

突然，一觉醒来的小老鼠们溜出来又钻进老奶奶的大裙子里，他们找了半天没找着干酪，失望极了，他们中最小的一个大声哭起来。"嘘，嘘！"老大劝他，"你别把全家吵醒了。"他大胆地决定，在屋子里四处找找吃的东西，另外两个小的就跟着他，大家心里都特别紧张。

他们蹑手蹑脚地来到厨房，可是厨房里什么都没有，地板被拖得锃亮，跟溜冰场似的，那只小不点儿不得不将肚皮贴着地板爬着走。当三只小老鼠来到客厅时，都快憋得透不过气来了。他们站立着，倒不如说坐在自己的小尾巴上，他们看见了圣诞树。顿时，他们的小嘴张得大大的，小手紧捂胸口，他们一生中从未见过如此美妙的东西！他们看得出了神。老大的好奇心最强，也最好动，他踮起脚尖冒险走向圣诞树，并打着手势让另外二个小老鼠也跟着他。

他们上上下下将这些色彩鲜艳的圣诞树看了个遍，突然，大老鼠发现了三个小小的饼干盒，那上面还贴着三只小老鼠的画像呢。

他又仔细地辨认着想把写在盒子上的字读懂。啊！他总算看明白了。没错！上面清清楚楚地写着："送给我的三只小老鼠。"亲爱的老奶奶，她早就想着我们了。

"拿着，按照上面的名字，一人一个盒子，太棒了！"三只小老鼠围坐好正准备吃年夜饭，"嘘，嘘！当心点，撕纸时要轻点声……"老大提醒道。他们美美地品尝着饼干，吃了许多，连剩下的都又啃了一半。突然，他们停住了，原来，一个小男孩睡醒了，哇哇大哭起来，小老鼠们立即像小幽灵般逃之夭夭了。

第二天一早，一个小女孩来到圣诞树前，忽然停住脚步，望着那些大大开着、四周撒满饼干屑的盒子惊得目瞪口呆。谁也不知道这是怎么一回事儿。两岁半的维罗尼克突然大叫："这可能是想吃饼干的小耶稣干的！"

大伙儿都开心地笑起来，老奶奶笑得更欢，这个小秘密只有她知道。

（路小明　编译）

绘画比赛

〔萨尔瓦多〕克·温·伊巴拉

"倘若牛、马和狮子有手，能够用它们的手作画，能够画人一样的形象，那么，马画出的圣像会像马，牛画出的圣像会像牛，狮子画出的圣像会像狮子；其体形将跟他们自己的一样……"赫诺法内斯评选委员会主席猫头鹰戴好它那色彩奇异、奇形怪状的眼镜。它明白它是个举足轻重的"人物"——自命不凡，妄自尊大！它往上望了片刻，想把注意力吸引到它身上来。然后，迈着颇为熟练的科学院士的步子向参加决赛的画家们走来。

在森林中的半圆形阶梯赛场里，座无虚席。参加比赛的画家们把自己的作品放在面前，心情紧张地等待着。个个都想得到"绘画之王"的桂冠，而评选委员会主席的意见是决定性的，拍板定论的。

主席开始用它那戴着色彩奇异的眼镜的眼睛进行权威性的询问和评判：

"喂，请告诉我，你画的什么？"

"我教母加塞拉的肖像！"乌龟郑重其事地说，同时把一幅画着桃花心木色龟壳的画拿给主席看。只见那龟壳下伸着四条小腿和一个胆怯的小脑袋。

"你画的什么呢，蝴蝶？"

"我画的是犀牛……我想把它晒太阳的情景画下来。"蝴蝶用悦耳的语调解释道。这时它看见一只孱弱的、万花筒般的小蝴蝶落在一棵向日葵上。

"那么，鸽子诗人，这是你的画吗？"

"说实话，我不敢说完全是我的……因为我是花了一点功夫，可是更多地应该归功于灵感……我画下了鹞鹰最常见的情态：他胆怯而亲热地对母鹰唱着情歌，母鹰却把它头羞涩地藏到它那丰满的翅膀下……"

但是主席的双眼看到的却是一个农民的鸽房的画面。画面上，有两只雏鸽，它们正像猜谜似的望着伴随黄昏的星星升起的月亮。犁沟里堆积着禾谷和麦子……不过，最引人注目的是画面的纯朴色调……

"鼠——！我说，你呢？"

"谁？你问我吗？……我画的是一张速写，画的是两头丛林之王正在凶猛地争夺一个猎物的场面。"

之后，老鼠捧出了它那众鼠争食的画作：50只老鼠在胆怯地争吃着一片干酪渣儿。

"现在，把你的画儿给我！"

"我憎恶现实主义，我的作品是象征主义的！所以我画下了两个反抗的时刻。"老牛平静地说。

主席的彩色眼镜停在了画面上。它看到了一头温顺的牛的双重形象，那牛驯服地承受着牛轭。

"该看你的画了，野兔……"

"我借助想象，画了战士射击的情景！我不赞成自然主义赤裸裸的风格：我同老牛属于同一个流派！"野兔自负地宣称。

画面的题材十分可笑：一只恐惧的兔子正落荒而逃。

"田鼠，看看你的吧！你还在抄袭？该看你的了！我说，你的画一定令人感到新鲜吧！"

"你说什么？我在抄袭？你听我说，主席。"田鼠用气愤而高傲的声调说。"希望你好好地看看我的杰作，尊重我的人格！我既没有抄袭，也没有剽窃，而是在再创造。我吸取了别人的食物，这是事实，但是我在自己的洞里把它消化，然后我以新的形式屙给了追求新奇的人们……难道这是可耻的行为吗？你是明白的！你相信有比再创造更痛苦的事情吗？我是个活着的古典派，你必须理解我，大家应该理解我！不过……不去谈它了！请你好好欣赏一下我的杰作吧！我再创造了啼鸣的自画像……"

评选委员会主席十分恼火。它看到画面上有一片平坦的田野，上面画着一只田鼠的自画漫画，特别引人注目，它正在甩动着它的尾巴。

"把你的画拿给我看，蠢猪！"

"我还没画完呢……请等一等！我想描绘一下倒霉的聪明人休息的情形：经过40个世纪的传播文明活动之后已经疲惫不堪……"

聪明的猪高兴地哼哼着把它自己的肖像举到主席的面前：在一片荒芜、泥泞、孤寂、混乱的大平原上，它陷在泥潭中，几乎只剩下鼻子了。

"诸位都把自己那不可转移的艺术想象和个人的艺术观点体现在作品上了。"最高评判员评论说，"……但是挑选优胜者的工作是困难的……"它瞟了一眼田鼠，接着说，"然而，我还是倾向于赞成……"

"等一等，等一等，猫头鹰主席！它们知道什么呀？"大象打断它的话，同时自负地摇着它那座百年的肉山，"你必须把奖授予我，不能授予任何人！难道你不知道只有我才会画上帝吗？不知道？我马上画给你看！……你瞧我画的上帝！欣赏欣赏吧！"

大象十分激动，洋洋得意，摆动着它那长鼻子，在空中画着想象的上帝的形象，然后从赛场的一边踱到另一边。

"看到没有，最高评判员猫头鹰先生？这就是上帝！这就是上帝！"

竞赛参加者莫名其妙，众人也莫名其妙……猫头鹰更是莫名其妙！因为它们也想到过画上帝的，只是身子是乌龟的、蝴蝶的、鸽子的、老鼠的、老牛的、兔子的、田鼠的、猪的，甚至是最高评判官猫头鹰的！

（朱景冬　译）

狐狸、狗熊和鹰

〔新西兰〕默罗梅·杜兰德

有一个年轻的王子，他很穷，他的全部财产只是一个大而空的城堡。

一天，正下着雪，忽然听到有敲门声。

"谁呀？"王子边问边打开了门，看见一只小狐狸正站在雪地里发抖。

"请让我进去吧，"狐狸哭道，"我又冷又饿！"

"请进，卧在火炉旁边吧。"王子说，"欢迎你来同我做伴。"

于是小狐狸就住在城堡里，它和王子成了好朋友。

不久，又有敲门声。

王子把门打开，见一只熊站在外边。它很瘦，而且一只脚不能落地。

"请让我进来吧！"熊说，"我的脚掌里扎了一根刺，已不能再走了，要是进不了森林，会把我冻死的！"

"请进！"王子说，"小狐狸和我都非常乐意您和我们在一起。"

于是，熊进来了，也卧在了火炉旁边。王子帮熊把刺从脚掌里拿出来。小狐狸给熊拿了些吃的。

又过了一会儿，突然从城堡顶上传来"救命！""救命！"的喊声。

王子、狐狸和熊很快地沿楼梯爬上屋顶，见上面躺着一只巨大的鹰。

"帮帮我！"鹰哀求道，"我的翅膀受了伤，不能飞了。"

"好吧。"王子说，"请进来坐在火炉旁边吧。"

"不，不！"鹰尖叫着，"我不喜欢住在屋子里。"

于是，王子和熊在城堡顶上的高塔里边，用干草给鹰做了个窝。小狐狸也给鹰拿了些吃的。

这个塔的顶部周围是敞开的，四面通风。

"太好了！"当鹰看到窝时满意地说，"这个窝就像我在山林里的家。"

鹰就在这个窝里定居下来。

春天来了，狐狸和熊跑到大森林里，告诉所有的动物，王子是它们的朋友。

从那以后，森林中的许多动物都到城堡里来请求王子帮助，王子也都一一满足了它们的请求。

由于王子的精心照料，鹰的翅膀很快长好了。它翱翔在天空，飞过大地……把看到的许多有趣的事情，告诉给它的朋友们。

一天晚上，当王子、狐狸、熊和鹰在一起聊天的时候，鹰说它今天飞过一座城镇，在城中央皇帝的宫殿里看到了一件事。

皇帝有一个独生女儿，她是一个美丽的公主。

皇帝想让女儿和一个富人结婚。

公主不答应，皇帝就把她关在皇宫的顶上。

"你暂且待在这儿！"皇帝告诉公主，"直到你答应了你的婚事。"可怜的公主只好在寂寞的皇宫顶上造了个花园来虚度时光。就在那儿，当公主散步的时候，鹰看到了她。

听到这里，王子很悲伤。

王子走后，狐狸、狗熊和鹰商定了一个主意：它们要把公主救出来，并把她带到城堡里做王子的新娘。

第二天，鹰飞到公主散步的花园。

"我希望能跟你一起飞走，大鸟。"公主说完，用期待的目光注视着鹰。

"欢迎！"鹰愉快地叫着，"欢迎！"然后，鹰突然俯冲下来，轻轻地把公主抓起来，一块儿飞回了王子的城堡。

当皇帝发现他的女儿失踪以后，便召来了他的马队。

"立即搜查！"皇帝怒吼道，"谁把公主找回来，就让公主跟谁结婚。"

一天，一个搜查的骑兵来到王子的城堡，他很快知道公主住在这儿。

当他知道公主已和王子结了婚的时候，就回到皇宫，把这个消息告诉了皇帝。

皇帝非常恼火。他令军队集合，要把年轻的王子杀掉，并把他的城堡踏平。

所有的动物都知道王子是它们的好朋友。当鸟飞过皇宫的时候，皇帝的狗把听到的这个消息告诉了鸟。

鸟儿立刻把这个消息带给这个国家的所有动物。

动物们很快地来到皇帝的军队过夜的地方。

成群的老鼠吃光了军队的全部粮食；千万只兔子在军队的脚下挖了许多陷阱。

第二天早晨，军队醒来后没有东西做早饭；当军队要转移时，所有的人和马都掉进了兔子挖的陷阱里。

皇帝气极了。他命令军队杀死这个国家的所有动物。

可是，当人和马正要从陷阱里往外爬的时候，鸟儿们衔来许多石头，朝他们身上扔。

一块石头正打在皇帝的头上，他被砸死了。

王子和公主成了新的皇帝和皇后。他们换上了新的国旗，在飘着的旗子上，有一只狐狸，一只狗熊和一只鹰。

（常青 译）

小文鳐鱼生病了

〔日本〕乾富子

这里是蔚蓝、蔚蓝的、南方的大海，海浪镶着洁白的花边儿。在寂静的珊瑚别墅旁，住着文鳐鱼一家。

"一加一等于几?"

"三。"

"哎呀呀，孩子，又搞错了。一只贝壳和另外一只贝壳，一共是几只贝壳?"

"当然是二只啰。"

文鳐鱼妈妈和小文鳐鱼正在说话，忽然头上的珊瑚林变得一片通红。

"啊，晚霞!"

"不，现在是早晨，不会有晚霞的。"

她们游到珊瑚林上，把头悄悄地伸出海面。

远方的天空像燃起大火，红彤彤的。

"真好看，妈妈。"

"就像又升起了一轮太阳。"

这时，海水剧烈地摇动，传来一阵令人恐怖的响声。

"怕，我怕。"

"这是怎么的了呢？爸爸快点儿回来就好啦。"

小文鳐鱼把头埋进妈妈的鳍中，吓得直发抖。

文鳐鱼妈妈所挂念的文鳐鱼爸爸，他一大清早就和鳐鱼叔叔们出门了，现在还没回来。

不过，那可怕的响声只有一次，打那以后，再没有发生。

不一会儿，又变得湛蓝的天空洒下了什么东西。唰唰，唰……，唰唰，唰……

那是雪一样白的、轻飘飘的粉末。

"什么呀？"

"什么呀？"打这儿路过的、旅行的燕子和上了年纪的海龟爷爷都不知道，那些粉末究竟是什么东西。小文鳐鱼好奇地在飘洒粉末的海面上跳来跳去。

天黑了。

海上升起了青色的月亮，小文鳐鱼躺在珊瑚林荫中的家里，呼呼地睡着了。

可一大早就出门的文鳐鱼爸爸还没回来。

"不得了啦，不得了啦！"

半夜里，隔壁的文鳐鱼阿姨踏过海浪，急匆匆跑过来。

"听说有个吓人的东西爆炸了，我家孩子的爸爸，还有你家孩子的爸爸，都被炸飞了。"

"什么？难道……"

文鳐鱼妈妈的脸变得十分苍白。

"不，你白天也听到了吧？听说就是那个、那个声音。只有一条鱼活着回来了，是他告诉我的。"阿姨哭着说。

年轻的文鳐鱼妈妈该有多么难过呀。然而，还不止这些。

那些被炸死的金枪鱼呀、鲨鱼呀，天天都随着海潮从头上漂过。

宁静、和平的大海简直成了可怕的墓场。

"妈妈，我，头特别疼。"一天，小文鳐鱼说。

小文鳐鱼身上长出许多斑点，眼睛也看不清东西了。不几天，还开始发烧、说胡话。

"呵，那天的晚霞，真吓人，我怕呀。"

"爸爸，什么时候回来？"

"头疼，疼死我了！"

上年纪的海蛇医生告诉文鳐鱼妈妈，全怪那天爆炸后的白色粉末。被撒上粉末的鱼，全都得了这种病。

"可怎样治好这种病，我也不知道哇。"

为这事儿，文鳐鱼妈妈老是哭个不停。为了治好可爱的小文鳐鱼的病，她到海星医院和海鸟药店去了好几次。

但是，不论她去哪儿打听，都没有人知道治疗那种可怕的疾病的办法。

"唉，为什么我的儿子得了这种病呢？为什么和平的海国里发生了这种可怕的事儿？"

文鳐鱼妈妈瘦多了。她的眼泪吧嗒吧嗒地落到了小文鳐鱼身上。

"妈妈，别哭啦。我呀，病好啦，就去找爸爸。"

小文鳐鱼睁大眼睛说。

这件事发生在蔚蓝蔚蓝的、南方的大海的珊瑚林下。

有谁能治好小文鳐鱼吗？

（王敏　译）

四棱虫的故事

〔日本〕佐藤晓

一

美登莉在放学回家的路上拾到了一个稀奇古怪的火柴盒。

这个火柴盒，比普通火柴盒要小一圈，但却十分精美。

"太精致啦！多可爱的火柴盒啊！"

她打开火柴盒一看，里面只躺着一根火柴，这根火柴只有一寸长。

"拾到一个有趣的小东西。"

美登莉唱着，把手中的火柴盒轻轻地放进自己连衣裙兜里。

回到家之后，美登莉匆匆忙忙地来到自己的写字桌旁坐下，掏出了那个火柴盒，仔仔细细地观看。她又把火柴棒从盒中取出，放在自己的手心里，让它滚来滚去。也许，是因为它只有一寸长的缘故吧，白色的火柴脑袋显得奇大，并且，还闪闪发光。

"它真是一个火柴棒吗?"

美登莉歪着头琢磨起来。也许，这只是一根玩具火柴。她多么想在火柴盒的侧腹上划一下看看是真是假，可是，这珍贵的火柴只有一根，她只好放弃了自己的想法。

她将火柴棒放回盒中，从桌子下面拖出一个大纸盒子，这个大纸盒上印着熊的图案。

二

美登莉是个活泼爱笑的小女孩，她有许多朋友，每天学习也很用功，学习成绩虽说算不上好，可也不算差。她是那种到处可见的可爱的小女孩。

但是，她有一个奇特的嗜好。

你只要看一看她的桌子周围，就可以找到答案了。无论是桌子上面，还是桌子下面，不管是桌子左边还是桌子右边，到处都是堆积的空盒子。空盒子有大有小，大部分是纸盒子，也有一少部分是白铁皮盒。

美登莉只要一发现空盒子，她就拾起来带回家，这些空盒子就是这样日积月累起来的。

这些大大小小的盒子加起来足有一百四十多个，但大部分盒子是空的，只有一少部分，你拎一拎，会感到沉甸甸的。

比如，现在美登莉从桌子底下拖出来的这个大盒子就是这样。

打开这个盒子盖，又有一个肥皂盒装在里面，这个肥皂盒就像特制的一样，不大不小，不松不紧地坐在里面。再打开这个肥皂盒盖，里边又坐着一个正正好好的饼干盒。

"这个饼干盒可真奇怪呀！"

美登莉每次打开这个饼干盒时，她都会这么想的。从前，这个盒子里挤满了山一样的饼干……

打开饼干盒的盖，又是一个装栗子馅馒头的盒子坐在里面，这是妈妈给她买的礼物。栗子馅馒头盒内，是一个白白净净的装妈妈手提包的盒子。

在妈妈的手提包盒里面——太啰唆了！中间那一大堆都不说了，再打开一个盒子盖，是爸爸装十二支雪茄烟卷的烟盒。再往里，是一个装胸针的小盒子。打开这个小盒后，里面是一个画有美国西部牧童图案的火柴盒。这火柴是美国制的，是哥哥送给她的。

美登莉把这个美国火柴盒取了出来，打开盒盖，将方才捡到的那个奇怪的火柴盒装了进去。嗬！不大不小，正好！

这回，需要将盒子一个一个地装好，再把盖子扣严。

像这种"集会盒"（美登莉自己这么叫）除此之外还有许多，但都没有这只这么大，"集会"的盒子也没有这么拥挤。因此，美登莉把这个盒子当作她宝贝中的宝贝。

<h1 style="text-align:center">三</h1>

不知过了多久，发生了这样一件事——

上小学六年级的哥哥对着在庭院里玩的美登莉喊道：

"哎，美登莉，把你的空盒子给我一个。"

说着，他就从桌子下拖出那个最大的"集会盒"。因为，他想要一个大个的。

"别动！别动别动！！"

美登莉像被狗追赶的小猫一样，一溜烟儿冲进了屋。见这种势头，哥哥吓了一跳。

"看你吓得那样儿，这么多盒子，给我一个都不行吗?"

"谁说不行啦！给你是给你，只是不许你动！"

"呸！看你那样儿，有什么了不起的！"

说着，哥哥用手指在她的头上轻轻地捅了一下。

"你还以为自己有什么了不起的呢，堆了一堆破空盒子，里边连根鸡毛也没有！"

"碍不着你的事，没东西装我也乐意！"

美登莉被捅了一下，十分气恼，撕着嗓子喊，她的叫声就像在切钢板一样。

"谁让你说我了，我不给你盒子了！"

"哼！"哥哥也撅起嘴，"小气鬼！你等着，等我把你的盒子团弄团弄和垃圾一起烧了!"

"你坏!你坏你坏坏坏坏!!"

美登莉嘴角抽动起来,眼睛里涌上了亮晶晶的泪花。她想象着:自己一个个精心地捡来积累起来的盒子在哥哥的脚下一个个被踏扁,又被掀到了院里点上了火……

"看你那样,就会哭……"

看妹妹哭了,他立刻投降了,三步两步逃走了。

哥哥走后,美登莉抽搭着鼻子,挑了几个旧盒子,送到了哥哥的房间里。

"我只要一个,要不了那么多的。"哥哥高兴极了。

"我知道你要一个,我是让你从中挑一个。"

"喔,是这样。嗯……那就来这个吧,这个大小正合适。"

哥哥选了一个最大的装玻璃杯的盒子。尔后,兴高采烈地对妹妹说:

"我用这家伙装老师返回来的试卷和图画什么的。盒子这玩意儿,只有把它里边装上什么东西才有价值。堆了一大堆盒子,里边空空荡荡的,什么也没有,只能是碍事。你说对不?美登莉。"

听了哥哥的话,美登莉皱着鼻子,不住地点头。

美登莉自己本来也懂得这个道理。从妈妈那要盒子时,她在心里总是想:

"这么漂亮精致的盒子,装点什么好呢?尽管现在没什么可装的，但总有一天，它会有用处的。"

虽然她总是这么想，可装在盒里的东西怎么也没有空盒子的数量增长得快。

起初，美登莉把折纸、洋娃娃的衣服、铅笔，还有断了的蜡笔什么的装进盒里，尽量去使用这些盒子。但是，她努力了一大顿，才仅占用了六七个盒子，剩下的那些盒子还都是空闲着。

"美登莉，你就不能挑些旧盒子扔一扔？这也太碍事啦！"

这些天，连妈妈也时常对美登莉发起牢骚了。

四

不管怎么说，有小熊图案的那个大个的"集会盒"，却装着一个蹊跷的东西。

虽说是个意想不到的怪东西，也只不过是一根一寸长的大头火柴棒罢了。那是因为，美登莉原封不动地将火柴棒放在了那个火柴盒里。

美登莉在把盒子一个套一个地照原样装好后，终于发现了这一伟大事实。她自己也觉得十分有趣。

"这也太小题大做了！里边仅仅装了一根不值钱的火柴棒，就套得里三层外三层的。这种包装法，就像收藏宝石和魔杖一样。"

想着想着，美登莉自己"嗤嗤"地笑了起来。

"要是把这事告诉了哥哥，他会怎么说呢？他肯定要说：'看啊，你有多傻！'"

美登莉"嗤嗤"地笑着，突然感到那个只有一寸长的大头火柴棒真的变成了魔杖——指南瓜，南瓜就能立即变成一辆马车的……

"看来，这个光闪闪的火柴棒就是不一般……如果它真的变成了魔杖的话，究竟会发生什么事呢？……"

今天拾到的火柴盒，可能会"当——"地发出清脆的一声响，变成了一个镶嵌着耀眼钻石的金盒了吧？也许，就在那一瞬间，那些包裹它的美国火柴盒、胸针盒，还有从爸爸那要来的烟盒等都变成了银座架了呢！然后，再外边的几个盒子也都跟着变，变成了一个双重玻璃箱。但是，只有最外层的那个带小熊图案的盒子可不能变，必须原样不动。因为，要是它也变了，让别人看见会吓呆的。

"嘻嘻嘻……"

美登莉捂着嘴笑了起来。

在那个大大的玻璃箱里，有一个美丽无比的银座架，银座架上坐着一个耀眼的小金盒！

太棒了！知道这件事的只有我美登莉自己，除了我之外，没有第二个人知道，在桌子下边那个落满了灰尘的盒子里装满了宝物！

美登莉自己也为自己的想法而感到吃惊。她自言自语地说：

"要是真的能那样就好了。"

然后，她长长地叹了一口气，将那个"集会盒"轻轻地塞回到桌子下面。推进去之后，她就忘了火柴棒的事，拖过来背包，开始做作业了。

五

怪诞的事情发生了。

这个只有一寸长的大头火柴棒的确是个不可思议的火柴棒。但是，它并不是美登莉所想象的魔杖。

当然，这事美登莉一点也不晓得。那之后，火柴在黑暗的盒子深处放射出白色的光来。

闪了一阵白光后，火柴棒渐渐地变短了，变粗了，火柴棒也开始哆哆嗦嗦地动了起来，白白的火柴脑袋上也长出了眼睛和嘴。不久，这根大头火柴棒变成了一只四棱形的棉铃虫。这只泛着蓝色光芒的美丽的棉铃虫蠕动着四棱形身体，开始吃起禁锢自己的火柴盒来。这只四棱形棉铃虫是只奇特的虫子，它专门吃空盒子。

喀吃喀吃喀吃……

一会儿的工夫，四棱虫就把火柴盒啃了个大洞。然后，它马不停蹄地又继续啃起第二层火柴盒来，不久第二个火柴盒也啃了个大洞。

别瞧它身体那么小，可这只四棱虫的饭量却很大。当它把第三层盒子也啃出了个洞之后，似乎才填饱了肚子。它待在那里，一动不动了。

这三天里，四棱虫一动也没动。到了第四天，它后背的皮"嘎巴嘎巴"地裂开了，从里边又重新生出一个身体来。

这个新的身体比从前的大了一些，变得也更美丽了，宛如一个闪耀着光芒的四棱形蓝宝石，要是美登莉看到这只虫子，她肯定会认为那是个活着的蓝宝石呢！

就这样，这只蓝色的棉铃虫每蜕一次皮就变得越发精神，越发漂亮。也就是这只越来越漂亮的四棱虫把美登莉爱如至宝的空盒子啃得个七零八碎。它不管东西南北，上下左右，随处乱啃一通。除了最外层的那个盒子外，没有一个盒子不被它钻得千疮百孔的。

大约过了一周左右。四棱虫开始从嘴里吐出丝来。它开始做蚕茧了。奇怪的是，这只虫子变成了蚕后也还是规规整整的四棱形，和盒子的形体完全一样。这只只有美登莉小指肚大小的蓝色四棱蚕在黑暗的盒子里静静地闪烁着光芒。

那之后，又过了很久很久，美登莉才把这个带小熊图案的"集会盒"从桌子下边拖出来，一层一层地打开。

美登莉只是喜欢收集这些空盒子，并不是要用它们干什么。因此，她没有必要时常察看里边的东西。所以，迄今为止她一次也没有打开过这套盒子。

可是，有一天，她正坐在桌旁看书，不时听到盒子处传来虫子翻身打滚的噼啪声。

美登莉察看了桌子后边和抽屉里，什么也没有。最后，她才确认，这响声的确来自这个大"集会盒"。

美登莉小心翼翼地拖出带小熊图案的盒子，将耳朵贴在上面听了听。

不错，里边有"吧嗒吧嗒"的虫子翻跟头声。

"奇怪，还真是这里面。"

美登莉撅起了嘴巴。什么时候爬进去的虫子呢？真奇怪。

她轻轻地将最上面的一层盒盖打开，于是，她惊呆了，第二个盒子上有许多被虫子钻出来的小洞洞。

"哎呀，太讨厌啦！我这么精心收集套在一起的盒子，竟生了虫子。"

她开了两三层盒盖后，彻底失望了。

"还有吃盒子的虫子么？这虫子好傻！"

美登莉自言自语着，端着盒子站了起来。然后，她来到了院当中，狠了狠心，将这一套盒子甩了出去。美登莉再怎么喜欢盒子，她也不会喜欢让虫子啃得千疮百孔的盒子的。

这时，在被摔得七零八散的盒子中，美登莉看到一只漂亮的棉铃虫慌张地飞来窜去。然后，这只四棱形的虫子振动着四棱形的翅膀"嗡——"的一声飞走了。

当然，美登莉并没有注意到这些。

随后，美登莉从妈妈那儿要了火柴，将这堆空盒子点着了。这样一来，这只举世罕见的十分珍贵的四棱形蚕茧也被一起烧掉了。

（孙树林　译）

窗下的树皮小屋

〔中国〕冰波

是葱绿的草丛泛黄的时候；

是落叶在地上翻滚的时候；

是秋雨和黄昏一同降临的时候；

在女孩家的窗下，在一片枯黄的落叶下面，流出了断断续续的音乐。

这是名叫吉铃的蟋蟀在演奏。他在为女孩演奏。

可是……这真是吉铃的演奏吗？

这音乐，失去了夏夜的丰满和轻盈；这旋律，失去了夏夜的流畅和婉转。许多不和谐的颤音，漂浮在旋律中，游离在节奏里。突然出现的停顿，会让人感到空气也被凝固了。

女孩真不敢相信：这是梦吧？吉铃的演奏不是这样的呀！他在夏夜的演奏多么美……

她轻轻推开门，循着音乐找去。她揭起了那片枯叶。

"啊，真是吉铃!"

在枯叶下避雨的吉铃，油亮的黑袍上，沾满了细细的水珠。他的细长的触须无力地低垂着，不再像往日那样神气地扫动。他的身子也在微微颤抖。这一切，是因为冷吗?

女孩把吉铃捧在手心里，轻轻贴在温暖的脸颊上。

"吉铃啊吉铃，冷成这个样子，你还要演奏……"

吉铃看到了女孩的眼睛。白里透蓝的眼白，多像夏天晴朗的天空；黑里透亮的瞳仁，多像夏夜深远的星空。

"可是，夏天永远过去了，秋天来了……"

吉铃的心里，升起一阵悲哀。

穿着绿色连衫裙的蚂蚱姑娘飞来了，像一片绿叶，飘落在女孩的手上。

提着绿色小灯的萤火虫姑娘飞来了，像一颗小小的流星，掉落在女孩的手上。

"吉铃，我冷……"蚂蚱靠在吉铃的身旁。

"吉铃，找怕……"萤火虫靠在吉铃的身旁。

他们的触须默默地碰在一起。是啊，秋天，可怕的秋天已经来了。真冷啊……

"嘻嘻，"女孩笑了，小嘴像花朵一样开放，"我要给吉铃做一间小屋，又挡风，又避雨，嘻嘻!"

女孩灵巧的双手忙着，站在雨里，给吉铃做小屋。

雨，淋湿了她的衣服和头发。

啊，好啦！女孩做了一个多么精巧、漂亮的小屋啊！

屋顶，是用长着青苔的松树皮做的；墙壁，是用细细的柳枝编的；门，也是用细细的柳枝编的；两个窗子，是用两片树叶做成的。

女孩把吉铃捧在手心里，眼睛里闪着兴奋的光。

吉铃看到，雨珠在她的头发上滴落，也在她的睫毛上滴落。她那长长的睫毛，是她眼睛的屋檐吗？

女孩说："我们就叫它吉铃的树皮小屋吧。"

吉铃的树皮小屋？这么说，吉铃有了一个小小的家，再也不怕风，再也不怕雨啦？

吉铃细长的触须在女孩的脸颊上扫着，表达他深深的感激。

"真痒。"女孩笑了，快进你的树皮小屋吧，吉铃。"

女孩把吉铃送进了树皮小屋。

蚂蚱飞进了树皮小屋，像一片欢乐的绿叶。

萤火虫飞进了树皮小屋，像一颗快活的流星。

女孩悄悄离开了。秋雨，还在下。

女孩甩一甩头发上的雨珠，在心里说：雨呀，你下吧，吉铃他们再也淋不着啦……

像乐队里一声声清脆的鼓点；

像钢琴上一个个轻弹的音符；

雨点儿，打在树皮小屋的屋顶上。

叮咚，叮咚……

吉铃的心陶醉了：单调的、烦人的秋雨，在树皮屋顶上，奏出了多么好听的音响。

蚂蚱展开她的绿色连衫裙，萤火虫摇晃起她的绿色小灯，合着雨点的节奏，翩翩起舞。

吉铃展开他的膜翅，在秋雨的伴奏下演奏。

像茫茫黑夜里一盏游动的灯；

像冰天雪地里一团跳跃的火；

吉铃迷人的旋律，在潮湿的空气里萦回，飘荡……

寒冷，消失了；悲哀，消失了。树皮小屋里，藏进了女孩那颗春天般的心。

吉铃推开树叶窗子，望着。

外面，已经是水汪汪的一片；只有树皮小屋里是又干又净。树皮小屋呀，是漂浮在海上的一个小岛，是停泊在港湾的一艘小船。

吉铃望着女孩的窗口，他现在多么想见到女孩，看到她倚在窗口，听着他的演奏。女孩不是爱听他的演奏吗？

可是，窗口是空空的。

女孩病了。她躺在床上。

当秋风送来了吉铃的演奏，她是多么想走到窗口去，去看看她亲手做的树皮小屋，看看小屋里的吉铃，看看蚂蚱和萤火虫。

可是，女孩起不来。她在发烧呀。她的头真晕，她的口真渴……

吉铃走出树皮小屋，向女孩的窗口纵身跳着。可是窗子太高了，一次又一次，吉铃都没能跳上去。

"吉铃，吉铃，你要干吗？"蚂蚱和萤火虫急急地问。

"我要去看看女孩！"

"你别跳了，我们飞进去看看吧。"蚂蚱和萤火虫说。

她们飞进了窗口，落在女孩的枕边。

女孩迷迷糊糊地睡着，高烧使她的嘴唇都干裂了。

蚂蚱和萤火虫急得不知怎么办才好，慌乱地飞回吉铃的身边。

"女孩病了！女孩病了！"蚂蚱说。

"怎么办呀，吉铃？"萤火虫说。

"啊？！"吉铃惊呆了。

"她一定是为了做树皮小屋，淋了雨才生病的。我们一定要让她恢复健康！"

他们一起在树皮小屋里，为女孩的病想办法。

叮咚，叮咚！雨点儿急急地打在屋顶上。它们也在为女孩着急吗？

"有了，有了！"吉铃突然叫起来。

吉铃说出了他的主意。

"对呀！对呀！"

大家都为吉铃的主意高兴。

蚂蚱和萤火虫找来了一片干净的树叶，把它顶在头上，接着天上落下的雨水。

吉铃振作起精神，展开了他的膜翅……

女孩迷迷糊糊地，觉得自己在沙漠上走。真累呀，真渴呀。她多么想喝到一口水！突然，她看见一股清澈的泉水。她捧起泉水，喝呀，喝呀，清凉甘甜的水，沁入了她的心肺……

女孩睁开了眼睛。

她看见，蚂蚱和萤火虫抬着一片树叶，飞到她的嘴边。树叶向她的嘴里一斜，清凉的水，湿润了她的嘴唇，流进了她的口中，流进了她的心里。

啊，梦中的泉水，原来是蚂蚱和萤火虫送来的呀！

窗外，传来了奇妙的音乐。这是谁在演奏？

像树林里的鸟儿鸣唱；

像黄昏里的风铃叮当；

像田野上的长笛悠扬；

像宫殿里的铜钟回响……

啊，这是吉铃在演奏！

音乐，是缓缓的溪流，载着情感的微波，正从吉铃的心，流入女孩的心。

女孩笑了，笑脸像五月的天空一样晴朗。

女孩的病好了，身体像天空的云朵一样自由。

她下了床，来到窗口。

"谢谢吉铃！谢谢蚂蚱！谢谢萤火虫！"

女孩幸福地望着树皮小屋。小屋里，吉铃在演奏；小屋里，蚂蚱和萤火虫在舞蹈。

沙沙的秋雨啊，是在为他们伴唱吗？

秋天，悄悄地走了；冬天，悄悄地来了。

一朵一朵的雪花，飘下来了。

漫天飞舞的雪花，飘下来了。

树皮小屋里，蚂蚱和萤火虫与吉铃依偎在一起。

真冷啊……

女孩熟睡着。她不知道，树皮小屋虽然能挡风，能避雨，可是，经不住寒气的侵袭啊！

吉铃知道，自己已经不能在雪地里支持多久了。他们的生命将被这雪花盖去了。

吉铃推开树叶窗子，望着越积越厚的雪。这一片可怕的雪，突然变得可爱起来。是啊，对一个快要离开这个世界的蟋蟀来说，一切都值得留恋啊。

"吉铃，我怕……"蚂蚱说，声音是颤抖的。

"吉铃，我要死了吗……"萤火虫的声音是那么微弱。

吉铃，用他微弱的颤音，用他的整个心灵，演奏起来。

告别了，家乡的草丛，夏夜的星光，善良的女孩……

音乐，从树皮小屋里飘出去，消散在旷野上，融化在白雪里，渗透到泥土中。

最后一个音符，和最后一片雪花一同飘落。

小屋里，那一盏微弱的绿灯，熄灭了。

一切，变得那么安静，太安静了……

早晨，女孩醒了。

她推开窗，惊喜地叫起来："啊，下雪了！多么白的雪呀！"

多么白的雪呀，白得直刺眼睛。

"咦，树皮小屋呢？"

树皮小屋，已经被厚厚的雪盖住了。窗下的雪地上，微微突起一个小包。

女孩的心好像要从胸口跳出来了。她跑到窗下，在突起的小包上轻轻扒开一个小孔，推开了树皮小屋的门。

"吉铃！蚂蚱！萤火虫！"

没有回答。

吉铃、蚂蚱和萤火虫，他们紧紧依偎着，触须碰在一起。

静静的，没有一声回答。

女孩说："吉铃睡着了。从夏天演奏到秋天，他们累了，他们要睡了……"

她关上了树皮小屋的门，又用雪把扒开的小孔盖上。她又找来了一把细木棍，围着树皮小屋，树起了一圈栅栏。

在最高的一根细木棍上，女孩粘上了一张字条："树皮小屋里，睡着吉铃和他的两个伙伴。"

女孩蹲在栅栏外，轻轻地给树皮小屋哼起一支歌，一支没有歌词的歌。

她的嗓音，夹着甜美的鼻音，那么动听，那么轻柔。

树皮小屋里，传出了轻轻的回声——多么像吉铃在为她伴奏。

女孩从冬天唱到了春天。

雪化了。窗下的树皮小屋，还是那么漂亮，不，更漂亮了。

春雨，把它洗得干干净净，显出那么好看的青绿色。太阳，又给它披上一层淡淡的金色。

女孩又给树皮小屋哼起了那支没有歌词的歌。歌声里，奇迹发生了：

树皮小屋的墙——用细细的柳枝编织起来的墙，随着歌声，慢慢地绽出了许多淡绿色的芽苞。芽苞在绽开，绽开，长出了一片片尖尖的小柳叶！

女孩多高兴啊，她拍着手，叫着：

"树皮小屋发芽了，它是活的，活的！"

女孩笑着，笑着，忽然，笑容从她的脸上消失了。

"树皮小屋都活了，可是吉铃他们……"

是呀，吉铃已经……

"啊！"

女孩突然惊喜地叫出声来。她看见，树皮小屋的门被轻轻推开了，从里面，走出了一支小小的队伍。

哟，是这么多小蟋蟀、小蚂蚱和小萤火虫哪！

女孩把手伸向他们，他们都一个个爬上了她的手心。那么多的小脚在她手心里搔着，真痒！

小蟋蟀们还没有穿上油亮的黑袍；

小蚂蚱们还没有穿上绿色连衫裙；

小萤火虫们还没有点亮绿色小灯；

他们还是那么小的小不点儿，可是，这些小不点儿呀，都显得那么神气，那么漂亮。

"他们都认识我！"女孩幸福地闭上了眼睛。

女孩在幻想：今年的夏夜，该会有多么美丽啊⋯⋯

小猪当保镖

〔中国〕孙幼军

一、为了妈妈的荣誉、小猪答应当保镖

这一天，猪太太和邻居马太太，还有毛驴太太，坐在一起闲聊天儿。马太太和毛驴太太使劲夸自己的孩子，把自己的下巴都讲长了。猪太太忍不住，也夸起自己的那一群孩子："哇，真了不起，一顿饭，他们把七百二十八个馒头，还有十大锅米粥，吃了个精光！"

毛驴太太一听，哈哈哈地大笑起来："吃得多，算什么本事呀！"

马太太也说："就是嘛！"

猪太太有些不好意思地红着脸说："其实也不光是吃得多。我的孩子里，也有又聪明，力气又大的……"

她就把她家的小十二，也就是稀里呼噜，怎么吓跑了大狼先生，怎么开枪打走月牙熊，呱啦呱啦讲了一通。

过了三天，鸭太太一大早就找上门来。她有五百个鸭蛋，想送到镇上她丈夫的鲜蛋公司去。可是路很远，还有强盗，她想请稀里呼噜当保镖。

上回的五百个鸭蛋，是她自己送的，结果半路上遇到强盗，鸭蛋连同小车子一起给抢走了。不过鸭太太没对猪太太讲，怕她听了害怕。不让稀里呼噜给她护送。

猪太太还是说："哎哟，那可不成！我们稀里呼噜还小，真碰上强盗怎么办？"

鸭太太一撇嘴："马太太跟我讲的时候，我就说你乱夸儿子，都是瞎吹牛嘛！"

稀里呼噜在一旁说：

"我去！"

他可不喜欢别人说他的妈妈瞎吹牛。

二、很和气的驴先生让小猪为他推了半天磨

稀里呼噜跟着鸭太太到她家去。看看地上的一大堆鸭蛋，小猪说："这东西没有耳朵，也没有尾巴，圆滚滚的不好拿。你们家有箩筐吗？"

鸭太太翻翻眼睛说："要是有箩筐，我还找保镖干什么！"

保镖的还管借箩筐呀？可是小猪什么都没说，立刻去找箩筐。

他跑到驴先生家去借。驴先生虽然有时会"啊！啊！啊！"地大

叫起来，吓人一跳，可是人很和气。果真，驴先生一听要借箩筐，马上说："啊，都是老街坊了，没问题，没问题！"

驴先生让小猪替他推磨，他去找箩筐。

稀里呼噜用力推起大磨来。

小猪推了一圈儿，驴先生不回来，他推了两圈儿，驴先生不回来。后来他推了一百圈儿，累得满头大汗，呼呼喘气，驴先生还是连影子都没有。小猪看看太阳已经从东边移到头顶上了，心里很感动。他自言自语地说："驴先生真好！一定是他家里没箩筐，他到山上去砍竹子了，要给我编两只新的……"

到了下午，驴先生才提着两个破箩筐走来。

驴先生说："啊！啊！啊！刚这个娃娃真能干，把麦子都磨完啦！怪不得你妈妈老夸你。干这么多活儿，我本应该留你吃午饭的，可是看样子你很着急，那你就快回家吧！"

小猪拿着箩筐，回家去吃午饭，吃过饭立刻赶到鸭太太那里。鸭太太很生气："我真倒霉，怎么找了这么一个笨蛋保镖！借两只箩筐就跑了大半天儿！扁担呢？你看，又忘了借扁担！"

三、为了借扁担，小猪又给牛先生担一大缸水

小猪听了鸭太太的话，回头就跑，他到牛先生家去借扁担。牛先生说：

"对不起，扁担我等会儿挑水还要用。要不，这么着吧，你替我

把水缸挑满，再拿走扁担。"

小猪很高兴。他没想到，牛先生的水缸里连一滴水也没有，那口水缸还好大好大，小猪要搬了梯子，才能把水桶提上去。

等到他把大水缸装满水，天都黑了。小猪拿着扁担跑到鸭太太家去，告诉鸭太太，明天一早就出发。鸭太太就大发脾气：

"呀！呀！呀！早知道这样，我就自己送了！我的先生开的是鲜蛋公司，可不是臭蛋公司！你要是真像你妈妈说的那么勇敢，今天晚上就出发！"

稀里呼噜觉得很对不起鸭太太，他说：

"好吧，我现在就出发！"

他把五百个鸭蛋分装在两个箩筐里，挑起担子就出发了。

小猪走得很起劲儿。可是走出村子以后，他忽然害怕起来。没有月亮，野外非常黑，天空中倒是有几颗星星，但都是绿色的，像大老虎的眼睛，使劲盯着他。

"真黑呀！"小猪心里想："还有什么东西沙沙响，是不是强盗正跟在我后头？"

他又想："要是妈妈跟我一起走，我就不会这么害怕了。我跟妈妈一边走一边说话，多么好……"

稀里呼噜是一只聪明的小猪，他一下子就想出个好办法：对啦，我就学妈妈的声音，让妈妈跟我说话嘛！

他立刻就模仿妈妈的口气说：

"我说小呼噜，你路上可一定要当心呀！"

接着，他自己回答妈妈：

"妈妈你就放心吧！我连大狼和月牙熊都不怕，还怕别人？"

"哎哟孩子啊，你可别这么说！去镇子的路上，有只大老虎。他可不比狼和熊，可凶啦！他要是忽然扑上来，你可千万丢下东西就跑！要不，他抢了东西，还要连你一起吞下去！"

四、这天夜里，大老虎真的出来劫路了

小猪学着妈妈说话，忽然觉得路旁的树林里响起树枝的声音，"克吧，克吧吧……"很轻，可是让人的脖子发凉，汗毛直竖。

"不行，"小猪心里好害怕，"不能装成妈妈跟我说话。妈妈胆子小，光会吓唬人，越跟她说话越害怕。我还是跟爸爸说话吧……"

大老虎这天夜里还真出来了。他就躲在路旁的树林里，手里举着大棒子。他听见远处有人走过来，就竖起两只耳朵听。原来这是个小娃跟他妈妈说话，还讲到他。看样子特别怕他。

他心里想："啊哈——好生意来啦！等他们走近，我就跳出去。每人给他们一闷棍！"

稀里呼噜刚要学爸爸说话，又一想："爸爸也不如大狼厉害。大狼有一支枪，一放，'砰！'好响！大狼谁都不怕，我还是跟大狼说话吧！"

他又大声说起来：

"我说稀里糊涂，你走快点儿行不行？"

"错啦,大狼先生!我不叫'稀里糊涂',是'稀里呼噜'。这是因为我吃东西很响:稀里呼噜、稀里呼噜!"

"对不起,稀里呼噜先生。我想,那么吃东西一定特别香。"

"对了,我爸爸就是这么说的,这才给我取这个名儿。"

"不过,吃东西那么响,好像不太文明。我们狼吃东西,尽量不发出声音来。"

大老虎知道狼先生有一支枪,是从猎人那里抢来的,那东西很厉害,他心里想:"真倒霉,怎么那个娃娃和他妈妈还带着大狼先生?不知道那个家伙带着枪没有……"

大老虎小心地从树林里探出头去看。

天太黑,看得不太清楚。他先看见三个黑影子,一个大的,两个小的。大的是小猪,小的当然是两个箩筐。可是大老虎当成大狼和两只猪了。他再仔细看:哎呀不妙,狼先生的肩上还扛着一支枪呢!——他把扁担当成枪了!

大老虎又听见狼先生说:

"稀里呼噜先生,咱们还是快点儿走吧!我想快点儿找着大老虎。那家伙总是拿个大棒子,躲在树林里,把人家打昏,抢人家东西。这回我要看看,到底是他的棒子厉害,还是我的枪厉害!"

大老虎一听,心就"咚咚咚"地跳起来。

"大狼先生,你真打得过大老虎吗?"

"那还用说!你瞧着:他一出来,我就照着他屁股,'砰'一枪。一下子就把他屁股打个大窟窿!"

"他要是不出来呢?"

"他不出来,我进树林子里找他去。今天非把他屁股打个大洞不可!"

大老虎吓坏了,他转身就往树林里头钻,"扑通,扑通""哗啦、哗啦",没命地逃走了!

小猪听见树林里一阵乱响,也吓得要死。原来树林里真藏着强盗!他照妈妈教给的办法,丢下担子,一头钻进路旁的深草里。

五、小猪的劳动得到报酬,挑了一担子大香蕉回家

大老虎早跑回家去了。小猪等了好半天,谁也没来。他从深草里爬出来,对自己说:

"一定是刮了一阵大风,刮得树林'哗啦哗啦'响。你自己吓唬自己,这很不好!"

稀里呼噜挑起担子,继续往前走。

天亮的时候,他到了镇上。

镇上好热闹!

他向黄狗先生打听路,找到鲜蛋公司。

鸭先生比鸭太太和气得多。他听说鸭太太让稀里呼噜半夜里赶路,觉得很过意不去,马上给小猪端来早餐。小猪早就饿了,"稀里呼噜、稀里呼噜"吃起来。他想吃得别太响,可是没有办到。

吃过饭,小猪就回家了。鸭先生买了许多大香蕉,给他装在两

只空箩筐里，还夸他保镖当得好，说了好多"谢谢"。

这天晚上，猪先生一家都吃香蕉。大家都说：

"大香蕉真好吃！小稀里呼噜真了不起！"

鸟儿公主和青蛙骑士

〔中国〕郭大森

其实呢，河边柳枝上的这只小鸟，并不是什么嗓音悠扬动听的百灵，也不是什么歌喉婉转又感人的黄莺，它只不过是一只比牛眼睛大不了多少的小雀，东北的老百姓都管它叫瞎牛叶子。但是，因为它是一只身材苗条，衣着华丽的雌鸟，因此，这一带人们和林中的"居民"，又都称它为"鸟儿公主"。小鸟本人，对于人们这样对它的称呼，并没有什么反感，相反，它还常常沾沾自喜地对别人抖着美丽的翅膀说：

"诸位兄弟姐妹，老少爷们，对咱鸟儿公主要多加关照，多加关照喽！"

关于公主，小朋友们都读过不少安徒生、格林兄弟写的童话，那里边就有不少公主，像什么美人鱼公主、豌豆公主、白雪公主，等等，都是非常高贵的童话人物。这样，"鸟儿公主"也因此身价百倍，它周围的一切似乎也显得暗淡无光了。它在众人面前，显得特别高傲，对谁都有些瞧不起了。它看不起黑狗，它看不起花猫，它看不起白鹅，它看不起灰鸭，最让它看不起的莫过于河里的青蛙了。

有一天，树上的鸟儿挑衅地对河里的青蛙说：

"我说青蛙老哥呀，咱们比比唱歌好不好？"

河里的青蛙心里完全明白，树上的鸟儿一直以自己有美丽的歌声而自居，从不把它青蛙看在眼里，更不愿意听青蛙们的"呱呱"声了，它今天这样向青蛙提出问题，显然是故意找碴儿。但是，青蛙并没有在小鸟儿面前示弱，它虽然不能像骄傲的"鸟儿公主"那样让人难堪，也不能让人瞧不起自己了，所以，它爽爽快快地答应要跟"鸟儿公主"赛歌。青蛙对小鸟说：

"赛就赛！请'鸟儿公主'先起个头儿吧！"于是，小鸟与青蛙的对歌比赛就在树上和河里开始了。

鸟儿：树上的鸟儿成双对，
青蛙：河里的青蛙一大堆。
鸟儿：树上的鸟儿高声叫，
青蛙：河里的青蛙声震天。
鸟儿：树上的鸟儿展翅飞，
青蛙：河里的青蛙水上行。

树上的"鸟儿公主"万万没有想到，河里的青蛙能这样轻松自如地回答了它的提问，而且青蛙的歌声，又唱得这般响亮而又流畅，也可以说它对小鸟的挑战，已经对答如流地加以回敬了。就连小鸟也感觉出来了，青蛙的回答，是挺高明的，很显然，青蛙的智慧并不比小鸟儿逊色。按实际来说，它是高自己一筹的。这时，"鸟儿公主"心中十分恼火，它不但不能一下子就对青蛙服气，相反，它对青蛙的态度相当不够冷静了。听了下面的歌子，你就会觉得"鸟儿公主"对青蛙在进行人身攻击了。你听鸟儿是怎么唱的：

气鼓当，气鼓当，
气得蛤蟆喝老汤。

从上面的对歌中，小朋友们可以看到，在青蛙与小鸟之间，小鸟儿处处显得骄傲，不懂礼貌，青蛙却表现得十分老实而又谦让，但到关键时刻，青蛙也不能失去自己的身份，它总要保持一下自己的"蛙格"呀！面对鸟儿的又一次挑战，青蛙回唱道：

一碗汤，两碗汤，
青蛙不怕喝老汤！
蛤蟆能在水中游，
喝了老汤照样唱！

这下子可把"鸟儿公主"气得火冒三丈了。它眼下赛不过青蛙，就挖空心思地想起了村中淘气孩子欺负青蛙的儿歌来了，这样，小鸟就偷用孩子们的歌子来折腾青蛙了：

蛤蟆蛤蟆气鼓，

气到八月十五，

八月十五杀猪，

气得蛤蟆直哭。

憨厚的青蛙并没有认真地去生小鸟的气，它却在与鸟儿的对唱中变得越发聪明，它的歌子竟脱口而出：

不气不气不气，

蛤蟆最有志气！

小鸟小鸟唱歌，

蛤蟆蛤蟆唱戏！

"哇——哇——哇！"跟小鸟对唱的青蛙刚唱完，河里的蛙群同声高唱起来。你听，河里的各个角落，到处是青蛙的"呱呱"声了，不一会儿，青蛙们的歌声，就变成了此起彼伏的大合唱。

这样突如其来的情景，是小鸟没有预料到的，这使它一时弄得很窘迫，也挺难过。

青蛙与小鸟的对唱，引起子大地上花草树木的注意，水中的鱼儿，草上的昆虫，都在谛听着它们的歌声，都想看看它们到底谁胜谁负。就连天上的风姑娘和云姐姐，也对它们的对唱产生了兴趣。一会儿，雷公公、电婶婶也兴致勃勃地从云端赶了过来，参加了关于鸟儿与青蛙对唱的有趣谈话。霎时间，高空中笑声朗朗，喊声震天。雷公公叫喊得满脸流汗，电婶婶激动得泪花闪闪，风姑娘云姐姐也都笑得前仰后合。这几位高兴归高兴，他们却忘记了自己的动作，会引起风云突变，并且带来了一场大风雨。谁想到，没过多少时间，天空中乌云密布，电光闪闪，雷声大作，瓢泼般的大雨，从天而降了。风雨中，河里的青蛙们个个都从水中探出小绿头顶，喝着从空中下来的雨水，都变得越发精神，越发活跃起来，有一些身强力壮的青蛙竟在水中蹦跳起来，那只跟小鸟对唱的青蛙，几乎变成了一位英勇的骑士在水中畅游，它的歌声唱得越发响亮，更加动听了。此刻，骄傲的"鸟儿公主"可失去了开始对唱时的神气，它不但失去了动听的歌声，而且失去了飞翔和站立枝头的能力。由于它身材瘦小，体质虚弱，一阵大风就把它从柳枝上刮了下来，又被一阵急雨打入河里的一株芦苇茎上，它摇摇欲坠地在芦苇茎上只停了几秒钟，又被一阵大风雨打入水中，它一下子变成了一只气喘吁吁的落水鸟了。这时，"鸟儿公主"再也无力向青蛙摆架子、耍骄傲了，它想的只是它自己在这个美妙的世界上，还能活多久，它想到往日的蓝天、白云、绿树、红花和那清亮亮的河水，它真不愿意这样匆忙地就离开这个幸福的天地呀！它一时间急得连哭的力气都没有了，它无能为力地在等待着它生命最后时刻的到来。不过，当"鸟儿公主"即将遭到灭顶之灾的时刻，那位跟它赛歌的青蛙骑士威武地从芦苇丛的另一端急驰过来，迅速地把落水的鸟儿驮在自己的背上，又风驰电掣般地把鸟儿送到了河边草丛的鸟窝里去了。

这时，风停了，雨住了。太阳从云层里露出了笑脸。"鸟儿公主"钻出鸟窝，抖掉了身上的雨水，又飞上枝头想晾一晾它的湿衣服。但它无心歌唱。河里青蛙的合唱声更加嘹亮，更加高亢了，好像全世界都在响彻着青蛙的歌声了。

此刻，"鸟儿公主"的心情，很难说是什么滋味。不过，它心里却觉得青蛙们不只在河里是英勇的骑手，同时，它们也是出色的歌唱家哩。不信你听，雨后青蛙的歌声该有多么雄壮，多么浑厚呀！那旋律也是挺动人心魄的呢。

总鳍鱼的故事

〔中国〕宗璞

我们的故事的前半段，发生在中生代泥盆纪的大海里。

那时，陆地上一片荒凉，海洋里却热闹得很。生命从海洋里孕育出来，又在海洋里蓬勃生长，如火如荼，好不兴旺。海底像个大花园，各种各样的珊瑚，有的如同一棵小树，有的像盛开的花朵，有的长成一个花坛模样，红黄蓝白，拼成各式图案。海百合腰肢袅娜，随着海水摇摆；各类水藻，粗大茁壮，像蛇一样漂动着。看见那鹦鹉螺吗？叫作直角石的像一个个蛋卷冰激凌，只是细长些；叫作弓角石的像牛角，只是小得多。他们的圆口上都长了很多触角，像是大胡子，好不滑稽。这个世界的主角是鱼类。当时已有很多种鱼。它们自由自在地游，和现代的鱼一样活泼快活。

鱼类中有一种叫作总鳍鱼。他们身体修长，游得很快；另有两对肉质鳍，可以支持身体，在海底爬行。看他们在浩渺的碧波间游得多畅快！忽然一扎，便到了水底，愣了一阵，用两对鳍慢慢爬起来。有时遇到尖利的沙石，当然是很疼的，因为他们没有穿鞋子呀。

"我们不怕。"一条小总鳍鱼名叫真掌，正在泥沙上爬行。他在和堂妹矛尾比赛，约好只准爬，不准游，目标是离海岸不很远的一块黑礁石。小真掌说，"我们不怕。"他一步步在海百合茎下爬，认真得眼珠子都不转一转。

小矛尾却不这样。她爬了几步，见真掌只顾专心爬，便偷偷地游了很远，又爬了几步，又游了很远。"我们不怕！"她也笑着，叫着。当然是她先到目的地。那里礁石顶和海面相齐，她在顶上又爬了几步，便停在一个石孔里，给真掌喊加油。

老实的真掌很羡慕矛尾的本事，他加劲练习，决心要爬得更好。他的练习场所是海底一长条沙地，两旁都是海百合，像我们路边的垂柳一样。还有许多直角石、弓角石在旁观。海百合常常弯下腰来，笑眯眯地说："何必自苦乃尔！"她们有文绉绉的风度，所以得把文绉绉的语言交给她们。

真掌没有那么文绉绉，他一愣之后回答说："我就是想做得好一点儿。"他有这个习惯，什么都想做得好一点。于是他继续爬，看一看那似乎是永恒的静寂的天空，在起伏的波涛上漂一漂，在礁石的石孔里歇息一下，很快又回到深水中来。因为总鳍鱼是深水鱼类，水面的空气使他不大舒服。

海中的居民过着好日子。他们也许可以就这样过下去，过上几千万年。有一天，几条总鳍鱼老太太在珊瑚花坛边用鳍撑住沙地，东家长西家短闲聊天。忽然她们都觉得头晕,好像有什么东西压下来,可又什么也看不见。一位老太太的孙子游来报告,说是海水在退!大家眼看着那块黑礁石越来越高,本来在礁石顶端散步,鳍可以不离水面,凉爽而舒适,你们记得不?现在这礁石顶端离开水面已有一株大海百合那么高了。

鱼儿们大为惊慌,各按族类聚会。在真正的灾难面前,谁又能讨论出什么结果!几天过去了,不只上了年纪的鱼感到头晕,身强力壮的鱼也头晕得厉害。又过了不知多久,他们整天觉得四周的一切都在晃动,简直不能保持平衡。海水浅多了,炽热的阳光照下去,各种贝类都闪着刺眼的光,使鱼儿们不只头晕而且眼花。真掌很害怕。他还没有过这样强烈的可以称为恐怖的感觉。他很小就离开父母,凭着大自然给他的修长而强壮的身体,生活很顺利。可现在是怎么了?连游动都很困难。他躲在岩石底下的弯洞里,隔一会儿便探出头来,他想看看矛尾妹妹在哪里。

忽然海水剧烈地晃动了,一大群鱼互相碰撞着艰难地游过来。在一片混乱中,真掌知道不远处海水已退尽,许多鱼在阳光下曝晒,很快都死去了。真掌从洞里游出来,想过去看看,能不能帮忙做点什么。

"真掌!你怎么往那边去!"是矛尾在叫,"那边没有水了,不能去!"

"我可以爬几步,"真掌说。

"不能去!但愿我们这点水能保住。"矛尾费力地摆动她那秀丽的尾巴。为了让她安心，真掌便听从了她的话。

"可咱们怎么能保住这水呢？"大家互相问，谁也不能回答，只能过一天算一天。鱼儿们在惶恐不安中觉得越来越热。这一天，真正的灾难终于到来了。

真掌正在大礁石下面，偏着身子，用力看那高不可攀的礁石，像是小学生在看一座大塔。忽然，他觉得背脊发烫，原来海水正急速地退去，转眼间，鱼群都搁浅在泥泞中了。

"怎么办哪？"鱼儿们一般是以沉默为美德的，这时也禁不住大嚷大叫起来；他们挣扎着从泥泞中跳起，拼命甩动尾巴，又重重地落下来。彼此恐怖的呼喊使得彼此都更加恐怖。"怎么办？怎么办哪？"海百合没有海水做依附，东倒西歪，狼狈不堪。"大祸临头！"她们说。

真掌用两对鳍在礁石边站稳，他心里也乱得很。因为死鱼很多，空气、水和泥沙中都发出腐烂的气味。许多总鳍鱼爬过来了。不知道他们是否开会讨论过，他们似乎做出了决定：此地不宜停留，必须赶快离开。

总鳍鱼成群结队地爬动。真掌也在其中。他们一步步艰难地向着一个方向前进。

向着陆地！

向着陆地。他们来自海洋，但不把自己圈囿在海洋里。想想看，无边的、丰富深奥的大海也能成为一种圈囿。他们爬，让小小的鳍负担着全身，吃力地爬。真掌很快便爬到最前面。他觉得自己的鳍坚定有力。本来总鳍鱼的鳍是有骨骼的。

可是矛尾又不见了！矛尾在哪里？你平时不总是先到达目的地吗？真掌不得不掉转身子找她。尖利的沙石扎得他痛彻肺腑，他也顾不得。左看右看，每一次都用力转动整个身子。好不容易看见矛尾了！瞧！她和姊妹们在不远的一个水坑里，惊慌地翻腾着。真掌忙爬过去，一股恶浊的气味扑过来。"不能留在这儿！"真掌爬着叫道。他看见矛尾的尾巴粘乎乎的，几条死鱼在她身边，肚皮翻朝着太阳。

"爬！"真掌命令道。矛尾立刻跟在他后面爬了。大群的总鳍鱼从他们身边过去，向着一个方向。

向着陆地！

他们不知爬了多久，鳍都破了，流出淡淡的冰冷的血。矛尾越爬越慢，她太累了，觉得再向前一步就会死掉。面前又出现了一个水坑，不少鱼在里面苟延残喘，他们叫矛尾。她猛地冲了几步，落入了水里。

真掌费力地掉转身子。矛尾从拥挤的鱼群中伸出头来，他们两个对望着，在亿万年的历史中，几秒钟是太短暂了，太微不足道了，可这是多么重要的几秒钟呵！既然道路不同，就分手吧。

真掌又掉转身子，和大批正在爬行的总鳍鱼一起，向着陆地前进了。

他们爬呵爬呵，毫不停留。一路上，有的不惯爬行死于劳累，有的不堪阳光照晒死于酷热，有的不善呼吸死于窒息。他们经过的路上，遗下了不少死鱼。但是活着的还是只管在爬，爬呵爬呵，向着前面，向着陆地！

终于有一天，真掌和伙伴们爬到了一丛绿色植物下面。他们当然不是海百合。这些植物有的枝梢卷曲，有的从地下长了宽大的叶片，绿油油的。他们不受海水圈囿，显得独立而自由。这是早期的裸蕨植物。真掌和伙伴们觉得凉爽适意，高兴得用尾巴互相拍打着陆地上，这里那里已经涂抹着小块绿色，绿色要把大地覆盖起来，好迎接大地的主人。

呵！陆地！从海洋来的生命开始了征服陆地的伟大进程。

我们故事的后半段发生在公元20世纪50年代的一个海港。

港湾深处住着一种大鱼，身材修长，有两对肉质鳍。他们强壮，捕食轻易，吃饱了便在深深的海中自由自在地游。鱼生如此，还有何求！可是近两年，有好几条这种鱼莫名其妙地失踪，不是在海中搏斗被别的鱼吃掉——那是天经地义的，而是被水面上的什么东西捞了去。一种恐怖的气氛笼罩着鱼群，明明有比大海的力量更大的力量在主宰世界。鱼儿们已经听说了，那是人类。

"别浮上去！"鱼妈妈告诫小鱼，"人会逮住你。"在鱼的头脑里面人的力量是不可估量的。

有一条年轻的鱼，早离开妈妈独立生活了。他很好奇，富有诗人和哲学家的气质，常爱浮上海面，看港湾中的各种船只，看岸上的灯火。他听说过，那大大小小神奇的船是人造的，那辉煌灿烂的地方是人类居住的。

一个夜晚，他在海面上慢慢游，看着星星般的灯火，觉得很不舒服，他不知道这是一种惆怅。他的生活本来还可以丰富得多，而不只是光知道吃别的鱼而活下去。

忽然间，有什么东西把他网住了，把他往上拉，往上拉。他用力甩着尾巴挣扎，完全无济于事。虽然他有一米多长，一百多斤重，可那结实的网，是人造的。

他给重重地摔在甲板上，离开了水，他只有喘气的份儿。许多人惊诧地看着他。"瞧这条怪鱼！"人们叫道。他弯起头尾一纵身跳起来，尾巴扫到一个人肩上，那人叫道："好大力气！"便举起鱼叉来，几个人立刻拉住他，一齐说要请鱼类学家看一看。

这条鱼给运到一个深池里，有一个铁丝网，将这池一隔两半。池里装的是海水。有小鱼做食物，他很舒服。不久它就发现，在铁丝网的那一边还住着一条鱼，正是他的一位叔叔，前些时失踪了的。

"你在这里？""你也来了？"他们互相问候，互相愁苦地望着。

"我们落到人的手里了。"叔叔说。他来的时间不短了，已经成为一条有知识的鱼。不过他不爱炫耀。"我们真倒霉。"

年轻的鱼不久就知道人的权威了。人把他从海里捞上来，人喂他吃的。他在这里离人很近，饲养人员、研究人员、参观人员不断来看他们。他不知道，人可以使他昏迷，把他翻来覆去检查个够，再使他苏醒。人可以叫他生，也可以叫他死。他没有能力违背。

他崇敬地望着人。不料铁丝网那边上了年纪的鱼，却很不以为然。"我们是鱼，就该在水里游，怎么能爬呢！爬出来的成绩，算不得什么。"

年轻的鱼不懂，愣着。

"你知道吗？人类是我们的堂兄弟。"老鱼终于吐出了这个秘密。年轻的鱼如闻霹雳，大吃一惊。

"有什么了不起！"老鱼又说。"我们是鱼，他们也不过是鱼变的。我们过了几亿年还是在水里游，他们连海也进不来了。"他骄傲、庄重地游动着，以证明他游水的技术。

年轻的鱼还想知道得多一些。上了年纪的鱼却认为再多说就近于饶舌，有碍沉默的美德。也许他就知道这一点，谁知道呢。

这时，一位妇女带着几个人走到池边来了。这位女鱼类学家是鱼的朋友，她热爱鱼类科学，因为对鱼太了解了，又成为鱼的仇敌。年轻的鱼崇拜她，见到她就沉到水下去。上年纪的鱼蔑视她，见了她便张着大口，以示她经不起一咬。

遗憾的是无论蔑视或崇敬，这位妇女都不知道。她专心地给人们讲解着。她讲得太清楚了，有几句话一直传到水下：

"这种矛尾鱼是总鳍鱼的一支。另一支真掌鳍鱼登陆成功，发展为两栖动物，经过漫长而艰难的历程，两栖动物又发展为高级脊椎动物。奇怪的是，这种矛尾没有灭绝，而经历了三亿多年，除了身体变大了些，一切都和从前一样，依然故我。它们没有发展，没有变化，它们是鱼类的活化石。"

我们故事的结尾是在一个展览会上。许多人来看活化石。两条鱼轮流展出。这天轮到年轻的鱼，他呆呆地停在大玻璃水箱里。有人走近，他就向漂动的海藻中钻，尽量把尾巴对着参观的人群。这举动和他那健壮的身体很不相称。

人们觉得很有趣。活的化石！真是奇迹！而且这活化石这样富于表情。一个小观众笑问道："你害怕吧，我的堂兄弟？"

另一个小观众仔细观察了半天，大声说："你觉得不好意思了，是吗？"

年轻的鱼悲哀地望着海藻，没有回答。

亚历山大不愿吃煎饼

〔中国〕吴梦起

女高音歌唱家小猫咪咪——等一下，叫"咪咪"的小猫儿太多啦，我们给她换个名字吧！叫"妙妙"怎么样？也不好。那就叫她"弗弗"好啦，这有点儿像吹蜡烛的声音——小猫弗弗在热烈的掌声中谢幕退场。

女高音歌唱家弗弗刚才唱的是她创作的新歌《亚历山大不愿吃煎饼》。这并不是虚构的故事，而是历史事实。如果谁发现一只小狗不愿意吃煎饼而喜欢啃一块猪排，就会认为那本来是合情合理的，而亚历山大恰恰是一只小狮子狗的名字。这样一来，观众就能够更好地理解和体会《亚历山大不愿吃煎饼》这首歌曲的主题啦。

鼓掌鼓得最响的，刚好是歌曲所描述的那位主人公——小狮子狗亚历山大本人。他是多么感动啊！两只前掌拍得通红不说，就连眼泪也"簌簌"地顺着面颊上的狮子毛流下来，淌在地板上，湿了好大一片。亚历山大想：我以前对弗弗很不够意思，瞧不起她。想不到她还给我编了这么一首动人心弦的歌，你听——

煎饼煎饼邦邦硬，

硌得大牙裂了缝。

亚历山大真命苦，

天天吃饭啃煎饼。

这里表现的是多么深刻的内容啊！所以在弗弗谢幕的时候，亚历山大就作出决定：当面对弗弗表示感谢。

观众都走散了。亚历山大还待在剧场门口，等着弗弗。过了一会儿，他看见弗弗穿着灰老鼠皮做的翻毛大衣从剧场走出来，就急忙迎上去，深深地鞠了一躬，头顶那卷曲的狮子毛几乎接触到地面。

"弗弗小姐，你唱得太好啦！"

"哟，原来是亚历山大先生，您也来啦！谢谢您的捧场。"弗弗忸怩着说，"可我唱得不好。"

"哪里，哪里，唱得很好嘛！把大家都迷住啦！我不知道《辞海》里有没有合适的词儿，来形容我感动的心情。"

"您——"弗弗把脖子拧三拧，表示出一副吃惊的姿态，"怎么能这样说呢？您夸我夸得太过火儿了吧！不过说起来，大家还是挺喜欢听我唱歌的，对吗？只有灰老鼠例外。"

"灰老鼠算什么，"狮子狗不屑地说，"他一点音乐素养也没有。"

"是呀，每次我一开口唱，他就赶忙跑开啦！"

"对，就跟对牛弹琴一样。"亚历山大补充后又说。

"其实，'对牛弹琴'这句成语有点儿毛病，"小猫弗弗显出学问挺高深的神气，"现在人们都在牛的房间里放乐曲，这样一来，奶牛的乳汁就跟小溪一样'哗哗'地往外淌。所以说，音乐的功能是相当、相当——"

"伟大的！"亚历山大接着话头说。

小狮子狗和小猫儿一边谈着一边往家走。对啦，这儿得补叙一下，他们原来就是住在一起的嘛！

"我以前对你有点儿误解，"狮子狗用歉意的语气说，"我认为你太——"

"太什么？"弗弗瞪起眼睛。

"你呀，"亚历山大吞吞吐吐地终于说了，"有点儿太自私。"

"什么？"弗弗跳起来了，"我自私？你竟敢说我自私！"

"你看，你看，我不是说过了吗，那是以前的看法……"

"什么以前不以前，你那样看我，简直就是对我猫格的侮辱！"弗弗愤怒得直喷气，把嘴边左七右八那十五根胡子吹得一个劲儿颤悠。

"我事先声明过了……"小狗儿嗫嚅着。

"你这只狮子狗，太不讲道理了，"弗弗自管自地说下去，"你凭什么说我自私？难道为住的地方吗？当然啦，你睡在外边的院子里，我睡在热炕头上。但这是工作性质决定的嘛！哦，你就为这个说我自私呀！"

"不是，不是，我不是指这个说的。"

"那，还为什么呢？"弗弗忽然把气势汹汹的架子收起来，这会儿像是受了多大的委屈，眼泪巴巴地说，"你是不是为我的伙食有时候比你强一点儿，就不满意吗？难道你以为，在你啃煎饼的时候我却在吃小鱼，我心里好过吗？所以，我才费尽心血，连续用了十八个晚上，谱写出方才你听到的那首歌——《亚历山大不愿吃煎饼》。你说，我怎么自私了？我什么地方对不住你了？"

小狮子狗觉得心里有好多话，就是不知道怎么说才好，因为他刚说一句，弗弗就抢过话头儿讲上一大套。于是他干脆把嘴闭上，一声不吭，就让弗弗自个儿说去。

"亚历山大，我是同情你的，不是吗？"这会儿小猫的话语娓娓动听了，"咱们的女主人，好像有点不公平，比较起来，她对你似乎差一点儿。也许因为你唱的歌不好听的缘故吧，'汪汪汪'。对啦，等我闲下来，抽出时间教给你一首两首抒情歌曲，随便唱唱也好嘛！"

说着，说着，他们到家了。女主人正站在门口。她看见小猫小狗一起走回来，就高兴地一下子抱起弗弗，把她搂在怀里，一边抚摸一边笑着说：

"弗弗小乖乖，我在电视里看见你唱歌啦，唱得真不坏。"

"太太，您过奖啦！"弗弗做出不好意思的样子，把脑袋朝女主人的怀里扎。

"还有你，可怜的亚历山大，"女主人招呼小狮子狗儿，"我对你太不关心啦，我不知道你吃煎饼竟把大牙啃裂了缝，幸亏弗弗提醒我。来吧，亚历山大，跟我到厨房来。"

女主人进了厨房，从碗橱里拿出一块猪排，放进亚历山大的食盆里，对小狗说：

"喏，这块猪排给你吃吧！"

女主人走了。亚历山大站在那儿，心里太激动啦。人们常常形容，说什么"心潮澎湃"，说是心里像潮水似的"呼隆、呼隆"响。这工夫亚历山大心里就是这么个滋味。不过他不为猪排，他为弗弗那首歌儿。因此他想，应该等等弗弗，跟她一起分享这块美味的猪排。

那么弗弗哪儿去了呢？

她在女主人怀里抱着呗。女主人并没有忘了犒赏她，给了她一块巧克力糖。这可是弗弗最爱吃的食物哩。但她先不忙着吃糖，而是把糖藏起来，然后匆匆忙忙跑进厨房里，因为她怕去晚了说不定亚历山大会把猪排吃掉。

幸好，亚历山大守在猪排跟前，正在等着弗弗。

弗弗扑过去，一下子把猪排抱住。她那圆圆的猫脸上，堆满了笑容。说出来的话儿也甜丝丝的：

"亚历山大先生，为了我们的音乐事业，为了我们俩的前途，这块猪排你可不能吃！"

"为什么？"小狮子狗儿怔怔地问。

　　"你想啊，我们那首歌，那首已经家喻户晓、人人皆知的《亚历山大不愿吃煎饼》的歌，还要继续唱下去呀！我们要用这首歌，唱出我们共同的心声。如果你把这块猪排吃掉，那么我们的歌还怎么唱下去呢？岂不是一点儿也不真实了吗？"

　　"那你说，我该怎么办？"

　　"这块猪排就让我吃了吧，因为歌儿唱的不是'弗弗不愿吃煎饼'，对不对？至于你老兄嘛，当然还得啃啃煎饼，以免影响了艺术的真实性。"弗弗抱着猪排走出厨房的时候又扭头补充说，"何况，猪排还有滋润嗓子的作用。谢谢你，我明天演出的时候，歌儿会唱得更好听的。"

　　亚历山大愣在那里，眼睛眨巴眨巴……

后　记

　　喜好幻想，追求新奇是孩子们的天性。在众多的文学样式中，最具幻想特征的是童话。但童话有的重情节，有的重形象，有的重意境……针对孩子们爱听、读故事的普遍心理和审美特点，我们着眼于生动有趣的故事，在世界范围内选辑了当代优秀童话76篇，是谓《新奇特幻想故事》。入选作品都以幻想超拔、故事迷人、新鲜有趣为突出特点，又从内容相对分为三辑，即《绿脸人》《有绰号的螃蟹》《大鼻国历险记》。相信这些作品会在小读者津津有味的阅读中，显示出特有的艺术魅力。

　　当代的界定，按照通例，在外国文学范围是指1945年二战结束以来，而在中国文学则指新中国成立以来，这是我们选文的时限。

　　有不当之处，恳请读者批评指正！

　　在本书的编选过程中，我们已先后和一些作者、译者取得了联系，得到了他们的热情支持，我们深表感谢！但是还有一部分译者、作者由于没能找到他们的通信地址，一时无法和他们联系上，而出版时间又很紧迫，我们只好在未能取得同意的情况下，先选用了这些作品。我们想，为孩子们提供优美的精神食粮，是我们的共同心愿，这套书将会成为我们共同心愿结成的纽带。希望这些同志见书后，即来信告知您的通信地址，以便我们在致歉道谢的同时，及时奉上稿酬。